청춘서간

청춘서간

이경교

그때쯤 네 안에서도
목련이 자라겠지

序文

書簡. 一

書簡. 三

書簡. 詩

序文

청춘들이 아파한다. 그들이 뱉어내는 신음소리가 귓전을 지나 뇌수까지 파고든다. 그들의 한숨이 내 횡경막에 툭툭 걸린다. 내 몸의 어느 부위가 몹시 결려온다. 낙담의 원인은 특히 청년실업 문제가 크지만, 청춘들이 맘껏 꿈꾸고 젊음을 발산할 토대가 부족한 것도 문제다.

그들의 상심에 감염된 걸까. 나 자신도 고통스런 몇 해를 보냈다. 그야말로 내우외환이었다. 헤어날 통로가 막혀버린 기분마저 들었다. 육필을 고집하다가 심각한 엘보를 겪은 건 그나마 낫다. 마침내 환장換腸이란 진단을 받고 치료까지 받았다. 시인 프랑시스 퐁주의 잠언이 벼락처럼 떠올랐다. 그렇다. '나무에서 나오는 방법은 나무를 통과하는 길뿐'이다. 그래서 나는 지금보다 더 고통스럽던 때를 기억해냈다. 고통의 기억 속으로 나 자신을 밀어 넣어, 그 고통을 밖으로 밀어내고 싶었다.

청춘의 시기는 누구에게나 고통스럽다. 그건 꿈이 크기 때문이기도 하지만, 기성 인식을 향한 거부감 탓이기도 하다. 아니 미래에 대한 막연한 불안도 한몫을 거든다. 나는 고통스럽던 내 청춘 시절로 돌아가, 내가 겪었던 젊은 날의 불안과 방황을 되새겨 보았다. 이젠 모가 달아 모서리도 둥글어졌지만, 그걸 환기하는 순간 다시 고통이 밀려왔다.

청년들에게 주는 이 편지는 그렇게 쓰여졌다. 그런데 글을 쓰는 동안 나는 예기치 못한 체험을 하였다. 부지불식간 내 안의 고통이 가라앉는 느낌을 받았기 때문이다. 젊은이들에게 주는 내 위로가 나 자신을 다독이는 처방전이 된 셈이다.

역설적이지만 이 책은 내가 힘들 때, 나를 찾아와 고통을 호소하던 청춘들 덕분에 세상에 나온다. 그래서 그들에게 적잖은 빚을 진 셈이다. 고통 속에서 나온 이 글이 이번엔 그들에게 그대로 감염이 되어, 그들 또한 고통을 걷어내는 울림이 된다면 얼마나 좋을까.

청년들이 살만한 세상을 꿈꾸듯이, 나는 그들이 더 강인해지길 기다린다. 강인함은 울분을 통해 길러지는 게 아니라, 꿈꾸고 상상하는 순간 키가 자란다. 사실 상상력도 감동에서 나온다. 그러니까 상상력은 감동의 한 조각이다. 마음의 평화를 위해선 매사에 감동하는 자세가 필요하다. 하찮은 것에서 길어 올리는 감동, 잊고 있던 것에서 발견하는 감동, 심지어 좌절과 슬픔 속에서도 찾아내는 감동 말이다. 감동은 습관을 통해 길러진다. 아니 훈련이 필요하다. '인간은 행복을 꿈꾸기 때문에 행복할 수 없다'고 말한 파스칼의 진의를 상기해 보라. 행복을 찾기 전에, 감동부터 실천하는 건 어떨까.

그렇다. 이 책은 감동을 키우고 그걸 포획하는 방법에 관한 이야기다. 감동을 생활화하여, 감동하는 인간이 되는 안내서다. 니체식으로 말하면, 시적 인간$^{Homo\ Poeta}$이 되는 방법론이랄까. 아니다. 이 글은 고통 속으로 자신을 밀어 넣어 고통 밖을 내다볼 때, 어둠 속에서 마주하는 희미한 빛의 기록이다.

2020년 봄
이경교

書簡
一
。

출생외상

쉿, 조용! 온 세상이 초록궁전입니다. 새싹과 새잎들은 지금 필사의 힘으로 머리를 내밀고 있습니다. 오직 미래를 향해, 어떤 수고도 감내하는 몸짓, 거기서 위대한 생명의 동력을 봅니다. 어찌 힘들고 아프지 않을까요. 거친 땅서숙을 뚫거나 수피樹皮를 찢고 푸른 싹을 내미는 동안, 풀과 잎새는 상처를 받습니다.

그 생명의 출현과정은 프로이트Freud 심리학의 '출생외상Birth_trauma'이론을 떠올리게 합니다. 인간의 탄생 또한 모진 산고와 진통 끝에 이루어지기 때문이지요. 온갖 어려움을 '애 낳던 힘'에 빗대거니와, 갓난아기가 첫울음을 터뜨리는 것도 아프기 때문이랍니다.

이걸 보면 모든 창조는 아픔을 통과해야 할 숙명을 지니는 셈이지요. 그뿐인가요. 창조적 발상이나 기발한 아이디어 역시 고통스런 몰입과 실패를 딛고 나오는 법이지요. 그래서 창조의 고통을 예로부터 창상創傷이라 일컬었으니, 창상이란 창조하는 정신은 상처를 받는다는 뜻이랍니다.

T.S. 엘리어트Eliot는 '4월은 가장 잔인한 달'이라고 노래했습니다. 그래요. 4월은 무시무시한 두 얼굴의 달이지요. 지난겨울의 잔영이 '꽃샘'이란 아름다운 이름으로 피어나는 꽃들을 공격하는 동안, 한쪽에선 화사한 봄기운이 들불처럼 번지니까요. 이때쯤 움츠렸던 우리 몸도 생기발랄한 기운을 분출하기 시작하지요. 부활이 죽음과 자리를 맞바꾸는 일인 것처럼, 온갖 약동은 죽은 기운을 떨쳐내는 신고辛苦로부터 시작되는 것입니다.

죽음과 부활을 공유한 4월이란 얼마나 모순적인 계절인가요. 계절만이 아니라, 인생 또한 다르지 않습니다. 즐거운 잔치엔 언제나 취객이 등장하기 마련이며, 좋은 일엔 항상 훼방

꾼이 길을 막지 않던가요. 그러나 기쁨과 슬픔, 행복과 불행도 영원한 게 아닙니다. 기쁨이 오히려 슬픔의 빌미가 되고, 불행이 때론 행복의 발판으로 바뀌는 게 인생이니까요.

쉿, 조용! 지금 새싹들이 돋아나고 있습니다. 새싹들은 지혜로운 귀를 가지고 있지요. 차도나 인도를 피하여 발길 뜸한 곳, 인적 드문 곳마다 초록세계가 펼쳐지는 걸 보세요. 인간 세상엔 길이 아니면 가지 말라는 경고가 있습니다. 이와 달리 풀들에겐 길 있는 곳을 피하라는 정서적 교감이 있는 모양입니다. 세상엔 가까이하지 말아야 할 부류의 인간이 있는 것과 같은 이치지요.

저 풀밭에도 유익한 풀만 있는 게 아닐 테니 말입니다. 익초益草들 틈에 숨어 누군가의 목숨을 노리는 독초들도 있지 않을까요. 신앙을 가장한 증오나 정의의 옷을 걸친 적개심 따위는 국가와 집단을 곤경에 빠뜨릴 뿐 아니라, 결국은 자신의 인간성마저 훼손하는 치명적인 독이지요.

4월의 초록빛을 보세요. 잎새들은 공기 중 이산화탄소와 햇빛, 그리고 물을 끌어들여 광합성운동을 합니다. 이것이 바로 대자연이 보여주는 융합의 현장이지요. 김연아가 얼음판 위에서 환상적인 도약을 연출할 때, 거기서도 스케이팅 기술과 음악, 그리고 연기를 결합시킨 융합의 위력을 봅니다. 자연의 이법과 김연아를 우승으로 이끈 원리는 다르지 않습니다.

그러나 저 평화로운 숲속에도 먹이사슬을 통한 살벌한 싸움은 존재하지요. 향일성向日性의 식물들은 더 높은 자리를 점유하기 위하여 긴장을 풀 틈이 없습니다. 이렇게 보면 존재란 끝없는 갈등이요 고난의 길입니다. 하지만 풀뿌리들이 그쯤에서 그만 긴장을 풀고 전진을 멈추는 순간, 그들은 결코 따사로운 햇살의 은총을 받지 못하겠지요.

그래요. 황사가 푸른빛을 가리고, 때아닌 돌개바람이 길을 막지만, 당장의 고통에 좌절하지 마세요. 4월의 새싹들을 보세요. 저들의 미래지향적 몸짓이야말로 젊음이 본받아야 할 삶의 자세가 아닐까요.

믿을 만한 투자

연초 중국 무한武漢에 다녀왔습니다. 중국어과 김진환 교수와 동행한 이번 여정은 북경을 거쳐 무한과 형주까지 이어지고, 삼국지의 무대를 탐사하기로 계획이 짜여졌습니다. 악양루와 황학루는 물론, 문적벽에서 소동파를 만나고, 장강을 따라가는 코스입니다.

마침 육십 년 만의 추위와 폭설이 겹쳐, 눈 구경이 힘든 무한에도 잔설의 자취가 남아있었습니다. 중국에서 가장 오랜 역사를 자랑하는 무한대학을 방문할 계획이었습니다. 새벽부터 설친 탓에, 아침 7시 학교에 도착했습니다. 도서관 개관 및 학교 공무가 8시 시작되므로, 그 사이 캠퍼스를 둘러보기로 했습니다.

무한대학은 1893년 자강학당^{自强學堂}으로 출발하여 중산대학^{中山大學}이 되었다가, 1928년부터 현재의 교명으로 바뀌었습니다. 이 대학은 이사광, 욱달부, 문일다, 축가정 등 인재 배출의 요람으로 알려져 있지요. 동호^{東湖}와 어우러진 학교 전경은 한 폭의 수묵화를 닮았는데, 남녀기숙사를 좌우로 나눠 통로를 뚫고, 통로 정상에 중앙도서관을 배치한 구조는 특히 인상적이었습니다. 이만한 정경이라면 사이언스지가 선정한 세계에서 가장 아름다운 100개 대학에 뽑힌 건 당연한 일이지요.

중국 8대 명문대학이지만, 북경대학과 이 대학에만 도서관 학과가 개설된 것도 눈여겨볼 대목입니다. 도서관에 대한 경의와 책에 대한 열망이야말로 미래의 잠재력이며, 가장 믿을 만한 투자란 걸 자각한 이들은 지혜롭습니다.

오늘날 한국의 대학생들을 보면, 오직 취업을 위한 실용적 공부에 쏠린 느낌이 듭니다. 그러나 21세기는 융합의 가치가 크게 부각되고 있습니다. 이는 마치 성장을 위해 골고루 영양소를 섭취해야 하는 이치와 같지요. 학문 간, 장르 간 경계를 넘어 앎의 폭을 확장하고, 거기서 새로운 콘텐츠를 발굴하는 시대로 진입한 것입니다. 누가 얼마만큼 앎을 부가가치로 재창출하느냐, 그것이 지식기반사회의 모토지요.

어쩌면 한 세대도 지나지 않아, 폭넓은 독서에 투자한 몫에 따라 국가 간 우열도 비례하게 될지 모릅니다. 독서의 가공할 위력이 최근에야 드러난 건 아닙니다. 인문학의 경우를 제외하더라도, 위대한 과학적 발견이나 심리학, 예술 분야에서 폭넓은 독서가 창조의 물꼬를 튼 건 이미 알려진 사실입니다.

패러다임^{paradigm} 이론을 창시한 T.S.쿤, 혼돈^{chaos} 이론의 대가 일리야 프리고진, 우주 과학의 신비를 푼 칼 세이건, 그리고 프로이트 심리학 이론의 대부분이 독서로부터 비롯하였기 때문이지요. 실제로 레오나르도 다빈치는 독서광이었으며, 아인슈타인은 실험실에서 보낸 시간보다 읽고 상상한 시간이 훨씬 많았다고 고백한 바 있으니까요. 개인만이 아니라, 국가적으로도 책을 가까이 한 민족은 흥했으며, 책을 멀리한 민족은 뒤떨어진 게 역사의 교훈입니다.

무한대학의 고풍한 전통미와 고졸한 맛에 취하여, 두 개의 부속도서관으로 이어진 숲길을 빠져나오다, 아! 나는 낙뢰를 맞은 것처럼 그 자리에 못 박혀 버렸습니다. 아직 이른 아침 7시 40분, 족히 만 여 명은 됨직한 학생들이 도서관 개방을 기다리며, 줄을 지어 책을 읽고 서 있었습니다. 겨울 안개 속에 유령처럼 출현한 그 긴 대열을 보는 순간, 나는 가슴이 환해졌지요.

저 풍경이야말로 상아탑의 참모습이 아닌가? 그 젊은이들 모습은 지상의 어느 꽃보다 싱싱하고 아름다워 보였습니다. 그때 나는 메모집을 꺼내어 이렇게 썼습니다. '조선의 청년들아, 제발 깨어나라!'

감동이 지나간 자리

똥에 대한 관심이 고조되고 있습니다. 그 빛깔과 모양만으로도 건강상태나 질병을 진단할 수 있다는 보고가 설득력을 얻기 때문이지요.

아리스토텔레스에게 카타르시스^{catharsis} 이론의 영감을 제공한 게 똥이었다면, 심리학자 프로이트의 배설^{purgation} 이론은 아예 똥이 주인공인 셈입니다. 그는 배설의 순간을 심미적 완성과 쾌감의 절정으로 보았으니까요.

그런데 똥을 뜻하는 한자 '분^{糞}'자를 보면, 쌀*과 다르다^{異}의 뜻이 합성된 걸 알 수 있습니다. 그 의미의 결합은 오묘한 이치를 보여줍니다. 만약 밥을 먹었는데 밥알이 그대로 나온다면 어떻게 될까요? 우리 몸은 신비하게도 음식물을 분해하여 피와 살을 만들고, 남겨진 찌꺼기는 똥이란 이름으로 곱게 배출시키지요. 그러니까 처음의 상태를 전혀 다른 모습으로 바꾼 게 똥인 셈입니다.

여기서 우리는 똥이 함의한 창조의 원리를 음미할 필요가 있습니다. 모든 창조는 대상이나 현상을 변형하거나 왜곡하는 순간 이루어집니다. 뉴턴의 만유인력은 사과를 왜곡한 것이며, 권총은 새총을, 트럭은 지게를 변형한 게 아닌가요?

무릇 위대한 발견이 본래의 모습에서 달라진 결과들이라면, 그건 이미 똥의 배설과정이 우리에게 보여준 바로 그 모습이지요. 많은 양의 음식을 먹으면 똥의 양이 증가하는 것처럼, 많은 걸 읽고 생각하면 정신의 똥도 증가하는 법입니다. 입맛을 돋우기 위해 애피타이저가 필요한 것처럼 정신적 충만감, 정신의 배설을 위해선 감동이 필요하니까요.

그러므로 잘 감동하는 사람은 창조적 발견에 가까이 다가선

사람이라고 말할 수 있습니다. 잘 감동하는 사람은 삶의 희열 또한 남다르게 누리는 은총을 받는 셈이지요. 니체가 최고의 인간형으로 제시한 호모 포에타$^{Homo\ poeta}$, 즉 '시적 인간'이란 삶의 노예상태로부터 해방된 인간, 바로 감동으로 충만한 인간을 가리킵니다.

만약 행복한 삶과 불행한 인생을 구분하라면, 나는 감동의 유무로 그 양자를 나누고 싶습니다. 뭉게구름이나 빛 고운 단풍뿐인가요. 이슬 머금은 풀잎들, 강아지의 재롱이나 천진난만한 아기의 미소, 이느 학사의 놀랄만한 연구, 심해의 풍경이나 드론이 보여주는 경관, 벌판에 갑자기 솟아난 고층빌딩까지. 생각해 보면, 하찮은 일상의 소재들, 사소한 사건들, 무엇 하나 창조적 발상의 아이템과 무관한 게 없듯, 감동적이지 않은 게 없습니다. 발명가는 수도꼭지에서도 영감을 찾으며, 시인은 나뒹구는 돌맹이에서도 시상을 얻는 법이지요.

12-13세기 고려조의 대문호 이규보 선생이 말합니다. 시상은 우흥촉물^{寓興觸物}의 결실이라고! 우흥촉물이란 '흥이 깃들어

사물에 닿는다'는 뜻입니다. 시인이 먼저 감동을 느끼면, 그 느낌이 오브제에까지 전달되어 시가 탄생한다는 거지요. 참으로 근사한 감동이론이 아닐 수 없습니다. 이것은 조선 후기 연암 박지원 선생이 요동벌판에서 느낀 감동이론, 울기 좋은 곳이란 뜻의 호곡장^{好哭場}을 떠오르게도 합니다.

그러므로 창조적 콘텐츠는 특별한 곳에 숨어있는 게 아니라, 평범한 걸 보고 크게 감동한 결과라 할 수 있습니다. 위대한 자연의 원리를 발견하거나 인생의 비밀을 깨닫는 경우, '전향적 자각'이란 표현을 씁니다. 전향적 자각이란 바로 이전의 상태와 완전히 바뀐 인격의 상태를 일컫지요. 고승들은 거기서 깨달음을 얻고, 예술가는 거기서 영감을 건져 올리지요.

다시 똥을 볼까요. 물질로서 똥의 품계를 논한다면, 똥이야말로 전향적 자각의 한 표본이 아닐 수 없습니다. 처음의 모습을 완전히 바꾸어 뜻밖의 모습으로 거듭난 게 똥이라면, 똥은 우리 몸의 감동이 빚어낸 창조의 상징으로 여겨지기 때문입니다.

감동은 창조를 위한 예비동작이며, 감동이야말로 행복한 인생을 위한 자양분인 셈입니다. 감동을 찾아 나설 때, 우리 삶은 상상할 수 없을 만큼 풍요로워지고, 삭막한 이 현실 또한 너그러워질 테니까요.

파격破格

오늘날 단단히 오해받고 있는 의미 중 하나가 파격破格이란
말입니다. 상식의 눈높이를 벗어나거나 지나치게 튀는 경우
이 말을 쓰는 일이 많기 때문이지요. 그러나 파격이란 부정적
인 뜻이 아닙니다. 격식의 울안에 갇히면 인습으로 기울지만,
그 굴레를 깨뜨릴 때, 창조가 가능하기 때문입니다. 참된 전통
이란 인습이 아니라, 침전과 혁신의 상호작용이며, 그런 점에
서 창조는 혁신의 산물이지요.

파격에서 창조가 나오는 건, 새로운 시작이 본디 파격이기
때문입니다. 이런 뜻에서 첫 시작을 뜻하는 효시嚆矢는 화살이
막 시위를 떠나는 찰나를 의미하며, 같은 뜻의 남상濫觴은 물잔
의 물 한 방울이 넘친다는 의미랍니다. 그 물방울 하나가 실

개천을 이루고, 강물이 되어 바다에 이른다는 것이지요. 그때, 시위를 떠난 화살이나 물방울은 고정된 상태의 질서를 뒤흔든 하나의 파격입니다.

모두가 해안선을 따라 항해할 때, 콜럼버스만이 직각 항해를 시작한 것이나, 습관적으로 한자를 상용하고 있을 때, 한글 창제를 결심한 세종의 정신세계가 파격이었으며, 대장경 판각을 8만 개나 떠올린 건 물론, 『경국대전』이후 고착화된 서얼 금고법을 깨뜨린 정조의 결단이 파격이었습니다. 그때, 규장각 학사의 핵심 멤버들이 서얼이었으니, 이덕무, 유득공, 박제가 같은 선비들이지요. 정조는 그 파격적 인재 등용을 통하여, 질풍노도의 문예부흥기를 조선 반도 안에서 펼친 것입니다.

세계적 디자이너 앙드레김의 의상은 파격이었으며, '국물 없는 칼국수 집'의 성공 사례는 파격이 왜 창조의 다른 이름인가를 보여줍니다. 무선 전화기나 최근 스마트폰의 열풍, 인공지능 로봇을 생각한 게 파격이며, 모두가 속도에 쏠릴 때, 슬로시티^{slow city}나 슬로푸드^{slow food}를 꿈꾼 사람들, 그리하여 첨단과 고층으로 질주할 때, 녹색 숲 운동을 전개한 발상들, 이 순기능적이고 자연친화적인 역발상 모두가 파격의 정신인 셈이지요.

효시와 흡사한 의미의 한자어로 파천황破天荒이란 말도 있습니다. 천지가 혼돈의 암흑으로부터 그 어둠을 깨고 질서를 회복한 것은 성서뿐 아니라, 천지창조 신화의 공통된 화두였으니, 그것은 바로 어둠의 세계로부터 빛의 세계를 연 파격과 다르지 않습니다. 하나의 사조思潮에 대한 반동으로 새로운 사조가 출현하는 원리나, 천동설이 지동설 이론을 거쳐 계系 중심 이론의 시대에 당도한 것 모두가 생각의 틀을 깬 결과들이지요.

그리스 영화 『터치 오브 스파이스』Touch of spice가 생각납니다. '양념의 감촉'이란 뜻인데, 어린 손자와 생이별하는 요리사 할아버지가 손자에게 말합니다. '미트볼을 만들 때, 계피를 넣어 보렴. 누구나 커민을 넣지만, 그건 습관적인 맛을 내지. 그러나 계피를 넣으면 그 맛을 사람들이 기억하게 된단다' 새로운 음식 또한 습성의 틀을 깨는 순간 나온다는 교훈이지요.

본디 생각이란 걸림이 없는 운동성을 지닙니다. 최초의 생각은 어떤 동기에 의해 뜻밖의 방향으로 비약하거나 비슷한 걸 유추하도록 이끌리는데, 이걸 자유연상^{free association}이라 부릅니다. 자유연상은 영감의 토대이며 아이디어의 원천이지요. 문제는 활달한 연상의 통로가 법규나 제도적 관념의 훼방을 받는다는 사실입니다. 말하자면 지나친 격식이 창의성을 가로막는 장애물인 셈입니다. 따라서 생각의 틀을 깨지 않으면 돌발적인 창의성은 요원하지요. 창조를 꿈꾸는 사람이라면, 그가 가장 먼저 실천할 일은 고정관념에서 벗어나는 일입니다.

보세요. 우리가 창조적 업적으로 우러르는 빛나는 역사적 매듭들을! 그 업적들이 얼마나 가혹한 수난을 헤쳐나온 과정이었는지를. 때로는 종교적 이념의 덫에 치이거나, 문화적 관습을 위배하며, 어느 땐 상식의 굴레를 벗어나 사람들의 수군거림에 시달리며, 그들의 이상은 오직 그것이 진실이라 믿었기에, 그 강고한 관습의 틀을 깨기 위해 생애를 바쳐 싸웠던 거지요.

그것은 계란의 틀을 깨지 않으면, 병아리의 생명 창조가 불가능한 것에 비유될 수 있습니다. 그래서 니체는 말합니다. 허물을 벗지 못하는 뱀은 사멸한다고!

다산茶山의 편지

　남해 바닷가에서 스무 살 여러분에게 편지를 씁니다. 어제 전남 승주에 있는 선암사 원통각 뒤뜰에서 600년생 홍매에 취하고, 장흥반도를 따라 조정래, 이청준, 한승원 작가의 문학 여정을 지나왔습니다. 그리고 오늘 피해가고 싶은 여정! 강진의 '다산초당'에 다시 왔습니다.

　1976년, 대학 입학을 앞둔 내가 찾아왔던 곳입니다. 이곳에서 학연, 학유 두 아들에게 보낸 다산 정약용茶山 丁若鏞 선생의 편지가 다시 떠올라 가슴이 울컥했습니다.

　「이제 너희는 폐족閉族이다. 과거에 응시할 수 없으니, 과거 공부로 인한 걱정은 안해도 되겠구나… 누대에 걸친 명문가

고관 자제들처럼 가문의 이름을 떨치는 건 못난이라도 누구나 할 수 있는 일이다. 이제 너희는 폐족이다. 폐족으로서 잘 처신하는 방법은 오직 독서하는 것 한가지 밖에 없다.」

사실은 이곳을 피해가고 싶었습니다. 다산도 다산이지만, 거기 상실감으로 각인된 내 젊은 한 시절이 겹쳐지는 게 두려웠기 때문입니다. 역사의 소용돌이 앞에서 절망했던 한 선각자의 풍모보다, 당장 자식들의 앞날을 걱정해야 했던 아비의 심정을 헤아릴 때면, 지금도 코끝이 시려옵니다. 30여 년 전, 원하던 대학에 낙방하고 난마처럼 남도 기행을 떠돌던 내게, 다산의 저 편지는 벼락같은 깨우침으로 다가왔습니다.

지금, 그때 나와 같은 젊은이가 있다면, 인생의 목표를 다시 세워보십시오. '독서, 그 한가지 밖에 없는 인생!' 절망의 나락에서 책의 행간으로 발길을 돌리는 순간, 여러분의 운명 또한 엄청난 속도로 바뀌게 될 테니까요.

나는 그 시절로 돌아갈 수 없습니다. 돌아갈 수 없는 시공은

흐릿하여, 모든 정경이 안개 속을 부유하거나 앞뒤 맥락이 지워진 채, 뜻밖의 한 장면이 떠오르곤 하지요. 그 돌연한 기억의 회로, 어둠 속에서 갑자기 눈앞이 환해지는 느낌! 내겐 다산의 편지가 그렇습니다.

시대 상황이 절망적이라고, 젊은이들이 길을 잃었다고, 모두들 우려합니다. 그러나 1976년의 우리나라는 지금보다 훨씬 비극적이었습니다. GNP $1,000 이하의 나라! (이렇게 말하고 보니 나보다 앞 세대, 6.25를 겪었던 분들에겐 송구스런 마음도 듭니다) 더구나 가난한 자췌생의 처지에선 책을 구한다는 것도 쉬운 일이 아니었습니다. 그러나 나는 청계천 헌책방거리는 물론 고서점 여러 곳의 단골이었습니다. 아르바이트로 얻은 수익을 거의 책 구입에 투자했으니까요.

지금 정릉서재와 연구실에 분산된 이 만여 권의 책 중엔 국보급도 여러 권 있는데, 거의가 그때 구한 것들이지요. 『조선왕조실록』, 『향약집방전』, 『전고대방』 일제치하 조선어학회간 『국어대사전』 6권, 『육당최남선전집』 8권, 양주동 『고가연구』

초판, 우리나라에 몇 권 없는 한용운, 서정주의 초판시집, 일본『광사림』사전,『선가귀감』, 1816년 뉴욕판『바이블』, 브리태니커 세계지도집 등이 그때의 흔적들입니다.

책을 수집하고, 그걸 읽고 소화하는데 바친 청춘은 후회가 남지 않는 법입니다. 아니 독서를 하면서, 자신의 운명이 전혀 예기치 않은 방향으로 수정되고 있다는 걸 자각하게 됩니다. 더구나 여러분의 시대는 앎을 바탕으로, 창의적 콘텐츠를 생산해야 하는 시대입니다. 콘텐츠의 근간을 형성하는 상상력이나 스토리 또한 앎으로부터 창출됩니다. 이질적이고 다양한 앎들이 모여 가공할 위력을 낳는 '융합'의 시대가 바야흐로 여러분 앞에 펼쳐져 있습니다.

절망의 벼랑에 서서, 그 아픔을 '오직 독서'로 극복했을 뿐 아니라, '오직 독서'로 그 대안을 제시했던 다산을 기억하십시오. 나는 사실 미사여구로 젊음을 위무하고, 상투적 문구로 청춘의 앞날을 축하할 수도 있습니다. 그러나 나는 여러분의 시기에 내가 겪었던 패배감과 그 돌파방법을 고백함으로써, 실질적 방안을 제시하는 쪽을 택했습니다.

누군가 먼 훗날, 그때 그가 쓴 글을 읽고, 운명이 바뀌었다
는 말을 들었으면 좋겠습니다. 그 옛날, 내가 다산의 편지를
읽고 그랬던 것처럼.

여행으로의 초대

'인생은 단지 걷고 있는 그림자, 가련한 어릿광대' 셰익스피어의 『맥베드』 5막 5장에 나오는 명구입니다. 사실 인생이란 하나의 여행이며, 끝없는 순례의 여정이지요. 성 아우구스티누스는 그래서 인생을 정처 없이 떠도는 이방인^{peregrini} 으로 보았습니다. 어찌 보면 산다는 일 또한 연극의 무대를 닮았습니다. 누군가 1막이나 단막의 생을 산다면, 또 누군가는 5막이나 장막의 생애를 영위한다는 차이를 뺀다면 말입니다.

지구촌^{Global village} 시대를 연 건 여행자들의 공적이지요. 크리스토퍼 콜럼버스가 신대륙을 발견하거나 마젤란 함대가 세계를 일주한 목적이 식민지 개척이든 기독교 복음의 선포였든, 인류는 미지의 세계를 찾아 나선 이들에 의해 세계화의 물꼬를 텄습니다.

마르코 폴로의 『동방견문록』이 나오기까지 유럽대륙은 중국의 실상을 알지 못했으니, 중국이 실크의 원산지란 것과 항주杭州와 같은 지상낙원이 있다는 걸 안 건 16세기의 일입니다. 그건 스페인이 이태리 사람 콜럼버스를 기용하여 남미대륙을 정복함으로써, 근세 유럽의 절대 강자로 급부상한 것과도 맞먹는 충격이었지요.

사실 지리에 대한 이해는 역사나 문화에 대한 이해보다 앞섭니다. 새로운 걸 본다는 건 새로운 걸 자각한다는 의미이기 때문이지요. 그리스어 '안다'는 말이 '본다'는 뜻에서 유래한 건 이 때문입니다. 무엇보다 여행은 변화의 출발입니다. 여행을 통하여 개인은 물론 국가의 운명이 바뀐 경우는 얼마든지 있습니다. 이탈로 칼비노는 『보이지 않는 도시들』에서 '다른 곳은 현실과 반대의 모습이 보이는 거울'이라고 말합니다. 여행은 현실의 굴레를 벗는 행위인 동시에, 새로운 눈을 뜨는 기회이기 때문이지요.

여행에 대한 욕망은 가공할 만한 장소를 만들어 내기도 합니다. 1719년 다니엘 디포 『로빈슨 크루소』를 필두로, 1726년 조너선 스위프트 『걸리버 여행기』, 그리고 1967년 미셸 트루니에 『방드르디, 태평양의 끝』은 물론, 2002년 산체스 피뇰 『차가운 피부』까지가 그렇습니다. 이 책들은 우리가 꿈꾸는 낯선 세계, 늘 상상 속에 존재하는 장소로 우리를 이끕니다.

물론 여행이 장소의 탐방이나 공간의 이동 차원에만 머무르는 건 아닙니다. 보다 효율적이고 실속 있는 여행이 있으니, 책 읽기가 그것이지요. 독서야말로 우리를 예상치 못한 장소와 풍광 속으로 이끕니다. 독서를 통하여 우리는 인식을 확장할 뿐 아니라, 자신의 미래와 운명을 수정해 나가지요. 우리가 경험하지 못한 죽음의 세계, 우주, 동서 반구는 물론 과거와 미래를 넘나들 수 있는 유일한 장소가 책입니다. 여행 절차가 까다롭지 않으며, 풍토병을 염려하거나 후유증을 경계할 필요도 없으니까요.

독서의 범위는 풍부하고 다양할수록 좋습니다. 독서가 전공의 범주에 머무르고 만다면 그만큼 미지의 세계, 뜻밖의 충격과 마주할 기회는 좁아지지요. 그러므로 인문계는 의도적으로 자연과학 분야를 탐독할 필요가 있으며, 자연계의 경우 인문학을 섭렵하여 사고의 폭을 넓히는 것이 좋습니다. 운명의 수정과 전환은 물론, 가공할 창의력은 새로운 분야의 독서를 통해 이루어진 경우가 많기 때문입니다.

배를 높이려면 물이 높아져야 합니다. 일찍이 장자가 말한 '수고선고'水高船高란 그 뜻은 파스칼의 잠언이 되었지요. 개인의 인격, 국가적 문화 수준이 고양되려면 가장 먼저 우리의 독서량이 신장되어야 합니다. OECD 국가 중 최빈국 수준의 독서량으로 우리가 당장 선진시민이 된다는 건 불가능한 꿈이기 때문입니다. 젊은이들에게 호소합니다. 자신의 삶이 풍요롭길 바라거나, 그대들의 나라가 부강하길 원한다면, 미지의 세계로 여행하세요. 그곳이 낯선 장소든 한 권의 책이든, 지금 당장 떠나세요.

좁은 문

21세기를 일컬어 콘텐츠의 시대라거나 상상력의 시대라고 말합니다. 이는 눈에 보이는 실물의 크기가 아니라 감각의 쇄신, 인식의 혁명을 이끌어낼 콘텐츠가 국가 명운을 가늠하는 시대로 접어들었다는 뜻이지요. 상상력이 고부가가치의 핵심으로 떠오른 건 이미 빌 게이츠 신화나 애플의 선풍적인 인기에서도 엿볼 수 있습니다. 오늘날 IT, 반도체 분야는 물론 건물, 의상, 음식 등에서까지 새로운 아이템의 발굴과 디자인의 중요성이 부각 되는 것도 이 때문입니다.

창조적 콘텐츠는 상상력에서 나옵니다. 상상력이란 당장 눈에 보이는 현상이 아니라, 비가시적인 것에서 가시적 형태를 끄집어내는 정신운동이지요. 상투적 편견, 관습적 사고 속에선 상상력이 자라지 못합니다. 상상력은 눈앞의 직선이 사실은 곡선의 일부란 걸 자각하는 것과 같은 정신태도지요. 우주는 둥글기 때문입니다. 노자 『도덕경』엔 '구부러진 게 온전한 것이요, 휘어진 게 곧은 것曲則全 枉則直' 이란 말이 나옵니다. 우주와 강산, 계곡과 길, 모든 자연현상이 휘어있거나 구부러진 게 아니고 무엇인가요. 이렇게 볼 때, 오직 구부러진 것만이 자연의 얼굴이며, 그만이 진실의 표정인 셈이지요.

무지개가 일곱 빛깔이라고 우기는 건, 우주가 무수한 빛의 입자들로 이루어진 파립波粒의 우주란 사실을 모르고 있기 때문입니다. 그러므로 실재하는 것만을 추종하는 건 이성적 태도가 아니지요. 호이징가Huizinga가 환상과 은유의 가치를 모르는 사람은 백치라고 말한 뜻이 여기에 있습니다. 보이지 않는 우주를 상상함으로써 놀랄만한 우주 과학이 탄생하였으며, 위대한 예술작품 또한 상상력의 산물이란 걸 우리는 알고 있습니다

모두가 견고한 성벽만 생각할 때, 르네 마그리트Rene Magritte의

그림 「피레네 산맥의 성채」엔 연처럼 바다 위에 떠 있는 성채가 등장합니다. 충격이지요. 그러나 원시인이 보고 경험한 것만 믿을 때, 그 한계를 자각한 데서 호모 사피엔스가 등장했다는 사실을 상기해보세요. 상상의 범위를 조금만 넓혀보면, 지구의 자전과 공전이란 문제와 직면하게 되지요. 이처럼 보이지 않는 걸 상상한 데서 상징사고가 나왔으며, 상징사고를 현생인류의 출발점으로 보는 견해도 있습니다.

그런데도 보이는 것만을 믿을 건가요? 영원한 진실, 아름다운 가치는 눈에 보이지 않습니다. 그 보이지 않는 가치의 탐색 여정을 시적 상상력이라고 부릅니다. 혼돈이론의 기수이며 1977년 노벨화학상 수상자 일리야 프리고진Ilya Prigogine이 과학의 미래 대안을 시적 상상력에서 찾은 건 두고두고 곱씹어 볼 대목이지요.

오늘날 젊은이들은 미래에 대한 불확실성 때문에 비틀거리고 있습니다. 그러나 그 원인이 실질적 가치, 가시적 효과에 집착하기 때문은 아닐까요? 당장 취업을 위해 매달릴 뿐, 상상력의 가치를 외면하고 있는 건 아닐까요? 모두가 천편일률적 스펙 쌓기에 골몰하거나 획일화된 취업준비에 혈안입니다. 이렇게 제도화된 젊은이들에게 우리의 미래를 맡긴다는 건 아무래도 미덥지 않습니다.

이런 획일성의 시대일수록 한번쯤 뒤를 되돌아볼 때입니다. 바로 지금 각자의 분야에서 상상력의 등불을 켜고, 더 큰 가치를 행해 젊음을 내던지는 용기 말이지요. 창의성은 오히려 단순한 곳에 있습니다. 아무도 가지 않는 '좁은 문'을 주목하세요. 습성과 관습의 틀을 깨고, 새로운 개념과 의미를 찾아보세요. 부지런히 읽고 상상하세요. 그리고 그걸 확대 재생산할 아이디어를 끄집어내 보세요. 여러분 자신의 가치를 중량감 있는 비전으로 재무장할 절호의 기회가 바로 지금이기 때문입니다.

다시 봄이 왔다

그 겨울은 혹독했습니다. 어린 학생들이 바닷속에 수장되고, 몇 사람의 삐뚤어진 야욕이 국정을 농단한 사건이 알려졌으며, 유명대학의 특혜성 입시부정이 드러나면서 모두들 망연자실, 삶의 의욕을 잃었습니다. 엎친 데 덮친 격으로 구제역과 조류 인플루엔자가 창궐하면서 수많은 가금류가 매몰 처분되었지요. 언 땅보다 모두의 가슴이 몇 겹의 상실감으로 닫혀버린 겨울이었습니다. 겨울 한반도는 상처와 좌절감으로 꽁꽁 얼어붙었습니다. 슬프고도 아픈 계절이었지요.

허나 끝이 보이지 않던 겨울은 가고, 지금 봄이 오고 있습니다. 자연은 그 넉넉한 품을 열어 부활의 기적을 보여주고 있습니다. 추위에 웅크렸던 나무들은 다시 새잎을 밀어내고, 언 땅을 헤집고 새싹이 돋아나고 있습니다. 계절의 놀라운 복원력에 기대어, 이 땅에도 부활의 기운이 아지랑이처럼 번지길 소망해봅니다.

눈앞이 캄캄하던 지난겨울, 나는 다시 역사서 탐독에 매달렸습니다. 절망의 국면은 역사 속에서 어떻게 회복되는가에 초점을 맞춰 읽었지요. 상심이 깊을 때, 개인적 좌절감으로 읽던 역사서가 국가적 차원으로 확장되자 내용도 색다르게 다가왔습니다. 특히 『사기열전』속의 그 풍성한 사례들이 내 눈길을 붙잡았습니다. 권모와 술수로 권력을 잡은 자들의 비극적인 최후는 통쾌했지만, 역사적 퇴보의 몫은 고스란히 국민들에게 돌아간다는 건 부당하게 보였습니다. 이번에도 내가 역사를 통해 배운 진실은 하나, 정의롭지 못한 건 결코 성공하지 못하며, 죄악을 도모한 자들은 결국 역사의 죄인으로 낙인찍힌다는 진리입니다.

이것이 어찌 한 나라를 경영하는 데만 국한될까요. 개인의 경우도 예외일 수 없습니다. 세상엔 두 부류의 인간이 있지요.

망치질로 비유하면, 집을 고치기 위해 망치질을 하는 사람과 집을 무너뜨리기 위해 망치질을 하는 사람의 두 부류가 그것입니다.

어떤 경우라도 집을 허무는 망치질을 해선 안 됩니다. 자신의 이기적 목적을 달성하기 위해, 집단과 사회, 그리고 타인에게 위해를 일삼는 망치질은 결국 그 자신을 황폐하게 만들뿐이니까요. 지난겨울 우리가 할 말을 잃고 좌절했던 것도 그걸 목격한 충격 때문이었습니다.

청년 여러분은 바로 지금, 인생행로를 확실히 설정해야 합니다. 누군가 망가뜨린 집을 기꺼이 고치는 목수가 되겠다고 다짐해보세요. 그 다짐의 순간 여러분에겐 놀라운 변화가 생길 것입니다. 그것이 이른바 평생을 좌우할 삶의 방식이며 가치관이기 때문이지요.

봄의 저 놀라운 복원력을 배우기 바랍니다. 봄은 단지 추위를 물리치는 역할로 끝이 아닙니다. 거기 잃어버린 것들을 제

자리로 회복시키는 봄의 부활 의지야말로 감동적이지요. 그것은 상실했던 꿈을 되찾는 눈물겨운 투쟁이며, 의기소침하던 심신을 대번에 약동 의지로 바꿔주는 몸짓이니까요. 봄은 붕괴된 대지를 위무하는 따스한 손길이며, 회복의 망치질에 익숙한 착한 목수입니다.

봄의 눈길이 따스한 것은 봄의 내면이 온통 부활 의지로 불타기 때문이며, 봄바람이 상쾌한 것은 그 품이 건강한 욕구로 들끓고 있기 때문입니다. 봄의 이러한 속성은 우리에게 창조성의 비밀을 귀띔해줍니다. 우리가 어떤 심성을 지닐 때 창의력을 발휘할 수 있는지를 보여주기 때문이지요. 모든 창조는 생명 의지의 발현임을 잊지 마세요.

21세기가 창의적 콘텐츠의 시대라면, 부활 의지와 건강한 욕구야말로 창조자로서의 능력을 발휘하도록 이끄는 요건입니다. 먼저 여러분의 내면에 사랑의 마음을 가득 담아보세요. 아니 청춘이란 호칭에 맞춤하도록 여러분 자신이 스스로 봄이 되어보세요.

꽃철에 생각한다

꽃철입니다. 꽃들이 눈을 떴습니다. 저 빛 고운 신생은 보는 이에게 탄성을 자아내게 합니다. 그러나 꽃잎 속을 들여다보면 눈물겹습니다. 모진 바람과 눈보라를 버텨내면서 맹아는 죽지 않고 기어이 꽃을 피웠으니 말입니다. 그러므로 그들이 뱉어냈을 무수한 한숨과 고통을 기억합시다. 『장자』에 '풀과 나무는 성내며 나온다草木怒生'는 말이 있습니다. 인간만 출생외상을 겪는 게 아닙니다. 모든 초목은 수피나 땅거죽을 뚫는 고통을 감내하며 출생합니다. 꽃의 전면만 바라보는 것보다 그 후면까지 아우를 때, 감동이 극대화되는 건 이 때문입니다.

세상일이 모두 이와 같습니다. 그래서 고락苦樂은 늘 동전의 양면이지요. 고통이 큰 만큼 즐거움도 커지는 연유가 여기에 있습니다. 아픔을 이겨내면 기쁨이 온다는 이 반전의 미학은 인간 삶의 지고한 빛이요 부활의 메시지입니다. 이런 삶의 관점은 입체적 사유의 즐거움 또한 제공합니다. 존재란 안팎으로 이루어집니다. 철학적 입장에서 보면, 그것이 본질과 현상의 공존이지요. 그래서 존재의 속성은 양면적이며 상대적입니다. 마찬가지로 영원한 내리막길이란 없습니다. 반드시 오르막길이 이어지기 때문이지요.

역사 역시 예외가 아닙니다. 역사는 승패가 그대로 선악으로 기록되는 평면적 함정으로부터 자유롭지 못하지요. 그러므로 역사의 이면을 살피는 태도야말로 입체적 사유를 실천하는 길이며 이성적인 삶의 자세입니다. 아리스토텔레스가 이런 대안으로 문학을 지목한 건 의미심장합니다. 문학은 역사가 놓치고 있는 개연성probability을 들여다보기 때문이지요. 에드워드 기번Edward Gibbon은 바로 그런 역사학자입니다. 그는 허다한 승리의 기록을 배제한 채, 쇠망의 안쪽을 꿰뚫어 본 사람이지요. 그의 놀라운 독창성은 철학적 인식의 산물이며, 그 힘이 독서를 통해 길러진 건 놀랄 일이 아닙니다.

꼽추였던 에드워드 기번은 불리한 여건을 독서로 극복했습니다. '고독이 천재의 산실'이라 말한 건 그의 눈물겨운 경험담입니다. 그는 강대한 세계제국, 1500년의 발자취를 더듬어, 붕괴의 속내를 추적합니다. 방대한 『로마제국쇠망사』에서 그가 내린 결론은 한 문장입니다. '나라가 스스로 먼저 치고, 그런 후에 사람들이 그것을 친다.' 모든 패망은 내부의 분열, 잘못된 정책, 집단적 무능에서 싹트는 법이지요. 이 진단은 성호 이익^{李瀷} 선생이 『성호사설』에서 한 충고로 이어집니다. '사람이 병이 나려면 고기가 맛이 없고, 나라가 망하려면 충언이 받아들여지지 않는다.'는 충고가 그것입니다.

어떤가요? 나라고 집단이고, 이런 역사적 교훈으로부터 예외가 있을까요? 선생의 사후 고작 150년을 견디지 못하고, 나라를 빼앗긴 걸 보세요. 어느 집단이나 불의가 정의를 압도할 때, 전체가 아닌 개인의 이해타산을 앞세울 때, 그 집단의 운명은 위험합니다. 친일파들에 대한 가혹한 역사적 평가는 이때문이지요.

책 읽기에 더없이 좋은 계절입니다. 책은 지식의 확장만을 위해 존재하는 게 아닙니다. 책은 원숙한 인격으로 우리를 이끌 뿐 아니라, 바른 인생행로를 제시해줍니다. 왜냐하면 타자의 삶을 통해 정의로운 인물에 동화되거나, 타산지석他山之石의 교훈을 체득하게 되기 때문입니다. 내가 읽은 책이 그대로 내가 되는 법이지요.

어느새 잎새의 계절입니다. 아름다운 꽃들도 덧없이 떨어집니다. 그러나 꽃의 죽음을 딛고 새잎이 나오는 걸 보세요. 이를 통하여 나는 피할 수 없는 인간의 숙명을 읽습니다 영원히 반복되는 저 반전의 미학! 부와 권력의 이치가 이와 같으며, 절망과 희망의 교차 또한 이와 다르지 않습니다. 절망의 부피가 클수록 희망의 빛은 더욱 눈부실 것이니, 그래요, 우리 당분간 마음껏 절망합시다. 산다는 것이 아이러니인 것처럼, 절망도 가공할 힘의 원천이기 때문입니다. 그러므로 꽃이 진다고 슬퍼하지 마세요. 더 짙푸른 녹색의 시절이 다가오니까요.

바람은 유능한 항해사의 편이다

나라 안팎으로 시련이 이어지고 있습니다. 우리 주변 상황이 심상치 않습니다. 작금의 상황을 구한말의 국가적 위기에 견주는 이들도 있습니다. 청년실업 문제가 위험 수준에 이르렀는가 하면, 매년 출산율이 OECD 최하위를 기록 중입니다. 자살률 1위 국가에, 성인 독서량 또한 최하위 수준을 면치 못하고 있습니다. 창의적인 분야가 외면받고 있으며, 젊은이들이 너나없이 공무원이 되겠다고 몰리고 있습니다. 대체 어디서부터 꼬인 걸까요. 이런 처지에 젊은이들의 상심과 좌절을 이해하지 못하는 것도 아닙니다.

하지만 절망스런 때일수록 생각을 바꿔보세요. 상태가 불량하다는 건 개선의 가능성이 그만큼 크게 열려있다는 뜻이며,

더 나빠질 수 없다는 오기를 부추기지 않나요. 사실 고통이 없는 성취란 없습니다. 일제 암흑기 감옥에 갇혀, 조선청년들에게 남긴 단재 신채호 선생의 절규는 그래서 눈물겹습니다. '조선의 청년들이야말로 행운아들'이라고, '선조들이 나라를 빼앗겼으니, 이제 새로운 나라를 건설할 기회가 그들에게 주어진 거'라고 그는 유명을 남겼지요.

책임 있는 기성세대들은 여러분의 비난으로부터 자유로울 수 없습니다. 그러나 비난만이 해결책일 순 없습니다. 공자는 곤경에 처해보지 않으면 왕도를 이룰 수 없고, 곤란을 겪지 않으면 선비 역시 뜻을 이룰 수 없다고 말했습니다. 다시 맹자가 잇습니다. 그는 하늘이 중대한 임무를 내리기 전 먼저 마음과 뜻을 괴롭히고, 뼈와 근육을 힘들게 하는 건 본성을 단련시켜 역량을 증진하기 위함이라고 말했습니다. 니체는 〈천재론〉에서 하늘은 천재에게 유독 가혹한 시련을 내려, 보통사람이 갖지 못한 비범성을 키워준다고 했지요.

인디언의 성인식은 첩첩산중에 버려져 살아남는 과정으로

마무리되며, 사막 부족 베드윈족은 여섯 살이 된 사내아이는 반드시 사막에 유기되는 절차를 거쳐야 한답니다. 인류의 대스승 조로아스터나 이슬람의 창시자 마호메트는 모두 이런 혹독한 과정을 통과했던 사람들이지요.

여기서 중세 연금술이 떠오릅니다. 연금술은 비금속을 금으로 변성시키는 과정이지요. 이는 비금속에 상상할 수 없는 시련을 가함으로써, 금으로 성분의 운명을 바꾸고자 한 시도입니다. 연금술사에겐 제련과 연마의 고통이 따랐으니, 연금술은 지금도 고통 속에서 꽃을 피운 경우를 일컫는 대명사가 되었습니다.

좌절과 자포자기야말로 구원받지 못할 비극입니다. 포기하는 자에겐 하늘도 손을 내밀지 않는 법이지요. 정이천은 『주역』에서 말하는 인간운명이 결국 자신의 마음에 달려있다는 가르침이라고 단정합니다. 이런 때일수록 젊은이다운 도전의식이 필요합니다. 한쪽으로 쏠리지 말고, 모두가 외면하는 좁은 문으로 가세요!

비극적인 상황일수록 오직 묵묵히 각자의 본분을 다하는 것이야말로 최고의 해결책입니다. 여러분의 본분이란 자신의 전공 안에서 최고가 되는 게 첫 번째지요. 자신을 정립하지 못하는 자는 남을 탓할 권한조차 없습니다. 자기 스스로를 단련할 때, 위기를 벗어날 방책도 생깁니다. 우선 독서량 최빈국의 오명을 벗어나기 위해 열심히 읽어야 합니다. 아니 책 속에서 놀라운 극복 의지를 찾기 바랍니다.

삶은 높은 단계의 역설이 지배합니다. 바람 때문에 배는 좌초당하지만, 그 바람 때문에 목표를 향해 나아갈 수 있으니까요. 그래서 페르시아 잠언은 우리에게 전합니다. '바람은 유능한 항해사의 편'이라고 말입니다. 바람을 탓하지 말고, 바람을 우리가 활용합시다. 그때, 고통스런 작금의 위기 또한 천재일우의 기회로 바뀔 수 있습니다.

고통을 이겨낸 보람이야말로 참 기쁨이지요. 그래서 고락苦樂은 늘 동전의 양면입니다. 더구나 안팎의 위기를 타개할 주인공 역시 여러분 자신입니다. 여러분 모두가 이 혼란스런 세계

사적 흐름, 내우외환의 상황을 타개하는 데 앞장서, 스스로를
행운아로 만들어 주길 간청하는 까닭입니다.

여명기

마흔넷에 노벨문학상을 수상한 알베르 카뮈는 유명합니다. 하지만 그의 스승 장 그르니에 교수는 그보다 덜 알려져 있습니다. 이 두 사람은 실존적 거리감에도 불구하고 각별했습니다. 서로를 흠모하고 존중한 기록도 남아있지요. 카뮈는 스승이 사랑한 휴양지 마을에 스승의 거처를 마련해주겠다고 한 약속을 지키지 못하고 갔습니다. 장 그르니에는 철학자이자 좋은 수필가지요. 카뮈가 완전한 고독감이라고 호평한 장 그르니에의 『섬』과 역시 태양에 대한 열광이라 평한 『지중해의 영감』 등은 카뮈에게도 깊은 영향을 끼쳤을 뿐 아니라, 많은 이의 심금을 울렸지요. 그러나 『카뮈를 추억하며』란 그의 에세이는 의외로 아는 이가 적습니다. 이 책은 마흔일곱에 불의의 교통사고로 유명을 달리한 제자의 문학적 성취와 그 내면을 스승이 다각도로 조망한 책입니다.

이걸 보면 역시 훌륭한 스승 밑에서 그만한 제자가 나온다는 걸 알 수 있습니다. 나는 장 그르니에가 『섬』에서 남긴 다음 문장을 특히 공감하고 지지합니다.

"인생의 여명기엔 운명을 결정짓는 한 순간이 있다. 그러나 그 순간을 다시 만나기는 어렵다!"

이만큼 세상을 살아보니, 그의 말이 얼마나 순도 높은 성찰의 결과이며, 빈틈없는 예언인지 고개를 끄덕이는 것입니다. 해 뜰 녘, 하루의 시작이 여명기지요. 봄이 계절의 시작이듯, 청춘이란 말은 인생의 여명기를 봄에 기댄 환유입니다. 그런데 왜 꼭 여명기가 문제일까요.

아침 일찍 하루를 설계하고 기도하며 일과를 시작하는 사람과 아직도 술기운에 젖어 몽롱한 눈빛으로 아침을 맞이하는 사람을 비교해보세요. 그들의 하루 성과는 그때 이미 결판이

난 셈입니다. 더구나 그 하루하루가 지속된다면 더 말할 것도 없습니다. 시작처럼 두렵고 소중한 건 없습니다. 인생도 여명기가 유독 중요한 까닭입니다.

이런 점에서 장 그르니에가 15살 연하 제자의 청년기를 평가한 다음 대목은 눈길을 끕니다. '여명기란 자신의 껍질을 깨고 나올 수 없는 시기다. 하지만 카뮈는 자신의 힘을 오해하지 않았으며 자신의 가치를 정확히 평가했다'는 진단 말이지요. 내가 청년기의 여러분에게 꼭 전하고 싶은 주문도 이것입니다. 자신을 오해하는 건 타인을 오해하는 것보다 더 무섭습니다. 병적인 자기비하나 체념이 위험한 것처럼 위장된 낙관주의 또한 이롭지 못하지요.

청년기의 고민은 어떻게 자신의 삶을 지배하며 살 것인가에 대한 성찰로부터 시작되어야 합니다. 카뮈가 말한 것처럼 인간은 결백하지 않지만 유죄도 아니지요. 그러므로 스스로를 냉철히 들여다 볼 때, 앞날에 대한 전망도 트이는 법이지요. 어찌 카뮈뿐이겠습니까. 자신과 세계를 긍정하는 것보다 더 큰 활력은 없습니다. 그렇습니다. 현실적 속박은 오직 자신에 대한 믿음으로 풀어나가야 합니다.

청년기에 시행착오가 많은 건 당연한 일이지요. 그러나 그 때문에 실패를 두려워하거나 포기가 있어선 안 됩니다. 성공한 이들이 보여주는 청년기의 도전의식은 남다릅니다. 스위스 특허국 직원이었던 아인슈타인은 청년기에 벌써 절대 시공의 부재를 눈치챘습니다. 업무상 기차여행을 하며 시차를 목도했기 때문이지요. 하지만 그 무모한 생각이 장차 상대성 이론의 단초가 될 줄은 그 자신도 몰랐겠지요. 스물여덟에 사형선고를 받았던 도스토예프스키의 좌절감을 우리가 어찌 이해할 수 있을까요. 그러나 그 절망적 경험이 장차 누구도 흉내 낼 수 없는 독창성을 위한 축복이었다는 걸 기억합시다.

절망적인 결핍에서 세상을 바꾼 창조가 나온 예 또한 셀 수 없이 많습니다. 창조는 결핍을 메우려는 보상심리의 결실이지요. 불안한 처지를 극복하려는 의지야말로 창조의 바탕입니다. 『장자』엔 무용지용無用之用의 지혜가 나옵니다. 아무짝에도 쓸 수 없어 천 년을 산 도토리나무의 장수비결 이야기입니다. '쓸데없는 것의 쓰임' 말입니다. 이처럼 세상에 무가치한 생각이란 없습니다. 마찬가지로 쓸데없이 태어난 사람도 없습니다. 다만 자신의 가치를 모르고 있을 뿐이지요.

부디 자신을 믿고 긍정하기 바랍니다. 실패를 두려워하지 말고 앞으로 나아가세요. 평범한 사고의 틀을 벗어버리고, 생각이 날개를 달게 하세요. 두려워하지 마세요. 그리고 머뭇거리지도 마세요. 저기, 태양이 떠오르고 있네요. 지금 여러분의 아침이 열리고 있습니다.

옷과 칼

누구에게나 시작이란 특별한 의미를 지니며 언제나 새롭습니다. 아니 그 시작에서 모든 성패가 엇갈리기도 합니다. 그래서 시작이 이미 절반이라고 말하지요.

왜 그럴까요? 시작이란 첫출발을 뜻합니다. 처음이란 의미의 한자어 초初는 옷衤과 칼刀의 합성어지요. 그러니까 옷감을 잘라 마름질한다는 뜻입니다. 첫 시작은 모든 걸 설계하는 단계이기 때문이지요. 설계가 잘 되어야 좋은 의상이 만들어지니까요. 인생도 마찬가지입니다.

역사적 사건이나 위대한 발견도 사소한 우연에서 시작되지요. 뉴턴의 만유인력이나 아르키메데스의 원리가 그러하며, 길모퉁이 카페 의자에 앉다가 문득 위대한 사상과 만날 수 있다는 카뮈의 말도 그런 뜻입니다. 여러분이 21세기의 주인공이 되고 싶다면, 항상 어떤 시작을 주저해선 안 됩니다. 천하의 큰일은 사소한 데서 출발하기 때문이지요. 그러므로 운명의 갈림길은 첫 시작에서 결정된다고 말해도 과언이 아닙니다.

30여 년 전 신입생 시절, 나는 이양하 선생의 「내가 다시 대학생이 된다면」이란 글을 읽고 감명을 받았습니다. 그 글은 이렇게 시작됩니다. '내가 만약 다시 대학생이 된다면, 나는 『안나카레리나』를 밤을 철회하여 읽는 우를 범하지 않을 것이다.' 그러나 그 글을 읽은 날, 나는 톨스토이의 『안나카레리나』를 밤을 새워 읽었습니다. 그렇게라도 그때 나는 선생을 흉내 내고 싶었는지 모릅니다.

선생은 건강과 배움의 중요성에 이어, 황금 같은 사랑을 소망하며 글을 맺습니다. 세월이 지난 지금도 그분의 당부는 아직 유효하리란 생각이 듭니다. 건강과 배움의 필요성은 세계화의 중심을 통과해야 할 여러분의 시대엔 아무리 강조하여도 지나치지 않을 것입니다. 나는 여기에 21세기 세계시민의식과 창의성을 덧붙이고 싶습니다. 그런 사람이라면 소모적 연애가 아니라, 서로를 승화로 이끄는 황금 같은 사랑도 가능할 것이기 때문입니다.

온갖 난관을 돌파하고, 인류의 귀감이 된 사람들! 그들도 지금 여러분과 같은 과정을 거쳐 간 사람들입니다. 불리한 조건들 앞에서 갈등했던 사람들이지요. 그들의 오늘은 남다른 노력과 열정의 결실이니까요. 남보다 앞서 생각하고 새롭게 보려는 의지, 왕성한 지적 호기심이야말로 자기성취의 디딤돌입니다.

글을 쓰는 일도 마찬가지입니다. 늘 바장이며 머뭇거리기보다 글은 붓을 들어야 시작됩니다. 아니 시작이 이미 절반입니다. 그래서 김진섭 선생은 '문장의 도는 첫 일구一句!'란 유명한 말을 남겼지요. 첫 문장에서 글은 이미 그 우열이 결판난다는 뜻입니다.

이분의 말이 예사롭게 들리지 않는 건, 좋은 글은 이미 첫 문장을 보면 드러나기 때문입니다. 빛나는 첫 문장 뒤에 허술한 문장이 놓일 수 없는 것처럼, 상투적인 첫 문장 다음에 참신한 문장을 기대하긴 어려운 법이지요. 좋은 글은 그래서 첫인상부터 남다른 느낌으로 독자를 끌어들입니다. 인생이 그런 것처럼 글도 시작이 중요한 셈입니다.

시작이 반이란 말은 어떤 점에서 진리처럼 여겨집니다. 시작처럼 우연은 없지만, 시작이 없으면 과정이 없으며, 결과 또한 기대할 수 없기 때문이지요.

사투 끝에 낚은 물고기가 귀항 도중 뼈대만 남았지만, 산티아고 노인은 외치지 않던가요.

'자, 다시 시작이다 노인이여 Get to work old man!'

헤밍웨이의 『노인과 바다』 말입니다. 여러분은 젊습니다. 여러분 앞에 놓인 거센 물결쯤이야 무슨 대수겠습니까. 이번엔 내가 여러분에게 당부합니다. "인생의 거친 바다를 향해 젊은이여! 주저 없이 항해하라." 여러분 앞엔 오직 시작만이 있으니까.

장기 기증

인간은 마침내 죽음에 이르죠. 이렇게 말하는 건 죽음에 대한 인식이 부정적인 쪽으로만 편향되는 걸 경계하기 위해서예요. 죽음이 저주처럼 여겨지면 곤란해요. 한국말 중에 '너 죽어볼래?'란 말이 있는데 무서운 협박이죠. 죽음을 체험하고 싶냐? 그런 뜻이니까요. 중국말에도 비슷한 게 있죠? '니 자오 스아!'란 말. 죽음은 그걸 경험하는 순간, 삶이 끝나는 거니까, 그 말은 널 죽이겠다는 협박인 셈이죠.

하지만 죽음은 완성이지 저주가 아니에요. 불교엔 니르바나란 말이 있는데, 한자어론 열반涅槃이라고 쓰죠. 열반이 바로 죽음의 순간인데, 훌륭한 스님은 그걸 이루기 위해 살아요. 왜냐하면 열반에 당도해서야 모든 미움, 사랑, 번뇌 따위에서 해

방되니까요. 다시 말해, 열반이야말로 해탈이요, 깨달음의 순
간이죠.

크리스쳔이 되기 위해선 세례를 받아야 하지요. 가톨릭과
기독교가 약간 다르지만, 원래 세례의식은 새 신자를 물속에
담갔다가 끄집어냈어요. 로마시대 세례 구유를 본 적이 있는
데 실감이 났죠. 그걸 침례라고 부르는데 그게 뭘 상징하겠어
요? 죽음과 부활을 본뜬 거죠. 세속적인 삶을 죽이고 새로운
삶으로의 거듭남을 의미하는 의례니까요.

무덤이 있어야만 부활이 있다고 말한 니체의 선언도 이와
다르지 않아요. 죽음과 부활은 그래서 동전의 양면이죠. 계절
의 순환이나 역사의 흥망은 물론, 심지어 성욕의 반복적인 부
침이나, 그 환상을 자극할 때도 이 말을 쓰는 건 동서가 같죠.
죽음을 전제하지 않는 완성이란 없는 법이니까요.

오랫동안 죽음은 공포와 짝을 이뤄왔어요. 그래서 공포의
핵심 모티프가 죽음이죠. 죽음을 삶의 한가운데로 끌어들이는

순간, 종교가 등장해요. 마찬가지로 삶 속에서 죽음을 상상할 때, 신화가 자라났지요. 죽음을 고민하고 그걸 파헤친 자취를 철학이라 부른다면, 예술이란 죽음과 친구가 되어 노는 행위죠.

어때요? 죽음을 빼놓곤 삶을 이야기할 수 없죠. 당연해요. 죽음을 전제하지 않고선 삶을 제대로 이해할 수도 없어요. 죽음을 공포로 몰고 가면 미개한 사회지만, 죽음과 친화하여 그걸 수용할 때, 성숙한 사회가 될 수 있죠.

납골당이나 화장터를 혐오시설로 바라보는 사회는 결코 성숙한 사회가 아니에요. 그건 호화무덤에 조상을 모셔야만 자손이 번성한다고 믿는 미신만큼이나 미개한 이기심이죠. 그래서 성숙한 인격일수록 죽은 후에 흔적을 남기길 꺼렸죠. 역사 속의 고승들이 그 본보기지요.

더구나 죽어가면서까지 장기나 시체를 기증하는 행위야말로 아름다운 모습이라 생각해요. 내가 죽은 후에도 내 장기의 일부가 불편한 이들에게 삶의 빛이 된다는 건 얼마나 흐뭇해요? 사실 나는 십 년 전에 장기기증을 서약했어요. 이번엔 시신기증까지 동의했구요. 그러니까 나는 죽어서도 여러분을 지켜볼 수 있어요. 어설픈 짓 아예 마세요! 내가 보고 있어요. 누군가의 눈이 되고, 심장이 되어, 나는 보고 느끼고 있죠. 어때요? 부럽지 않아요? 죽어서도 보고 느끼다니! 이건 기적이죠. 아니, 이게 진실한 부활인 셈이죠. 여러분도 한번 따라 해 보세요.

書簡
二

시적 인간

감사하라. 5월의 꽃들과 청명하늘, 그리고 초록빛 대지에게. 5월은 우리에게 충만한 생동감을 안겨준다. 베르그송^{Bergson}이 생명 안에서 일어나는 이런 열정적 기운을 엘랑-비탈$^{élan-vital}$이라 부른 것처럼, 5월의 대지는 생명의 약동과 희열로 넘친다.

감사의 눈길로 자연을 대할 때, 자연은 우리에게 창조적 영감과 삶의 의욕을 제공한다. 인디언의 최고 진리가 자연이 베푸는 '사랑, 침묵, 경외심'을 따르는 건 그 때문이다. 감사의 마음은 일종의 경외심에서 우러나는 것이니, 감사하는 마음으로 음식을 섭취하는 자는 건강해지며, 그 눈길로 마주하는 세계는 항상 아름답다.

사소한 일상에서 남다른 가치를 찾거나, 예기치 않은 아름다움과 만날 때, 감동은 이내 감사로 바뀐다. 이것이 바로 사랑을 호흡하는 삶이며, 행복을 숨 쉬는 삶이다. 니체^{Nietzsch}가 최고 이상을 '시적 인간$^{Homo\ poeta}$'에서 찾거나, 롤랑 바르트$^{Roland\ Barthes}$가 사랑을 '뜻밖의 정경'이라 말한 건 그런 뜻에서다.

인류의 대 스승들, 노자, 공자, 부처, 소크라테스는 물론 예수님도 저서를 집필한 적이 없다. 그분들의 말씀은 그 가르침을 믿고, 스승의 은혜에 감복한 제자들에 의해 세상의 빛이 되었다. 그 증거는 『논어』가 '공자께서 이르길 – 자왈^{子曰}'로 시작되거나, 『불경』이 '나는 부처님께 이렇게 들었다 – 여시아문$^{如是\ 我聞}$'으로, 그리고 『바이블』이 '주님께서 말씀하신다'는 형식을 취한 데서도 알 수 있다. 이런 태도는 『소크라테스와의 대화』를 저술한 제자 플라톤의 경우도 마찬가지다. 인류의 빛나는 지성사가 스승의 은혜에 응답한 곡진한 감사의 산물들인 셈이다.

『벽암록』에도 감동적인 이야기가 보인다. 동산 양개$^{洞山\ 良价}$

화상이 그의 스승 운암선사 ^{雲岩禪師}를 향하여 '스승이 내게 말씀해주지 않은 것에 감사한다'고 고백한 것 말이다. 설명하는 순간, 삶의 진실은 오히려 멀어진다. 말하지 않고 스스로 깨닫도록 일깨운 은혜야말로 얼마나 큰 가르침인가. 누군가 친절하게 설명해주지 않는다고 불평할 때, 스승의 침묵 속에서 감사를 발견한 제자, 그는 이미 위대한 인격이다.

감사하는 마음은 사실 자신의 인격을 고양시키는 지름길이며, 그 혜택은 결국 자신에게 돌아간다. 감사하는 마음은 그의 내면을 사랑으로 이끌기 때문이다. 행운아가 있다면, 그는 분명 감사의 마음을 실천하여, 그 은총을 되돌려 받은 사람일 것이다. 그의 내면이 그대로 표정과 언행으로 스며 나와, 모든 이에게 호감을 주었을 테니 말이다. 그래서 속마음과 외모의 관계는 표단영직 ^{表端影直}, 곧 겉이 단정하면 그림자도 곧아지는 이치와 같다.

감사하라. 그대 위해 기도하는 부모님께, 은혜를 베푼 이웃들에게, 정신의 벼락을 맞게 해준 책들과 가르침을 준 스승들에게. 『전도서』에 '하늘 아래 새로운 건 없다'는 말이 있다. 이 말은 내가 영위하는 삶의 양식들, 내가 발견한 새로운 앎 또한 누군가에게 빚지고 있다는 걸 암시한다. 보르헤스[Borges]가 모든 창조의 배후에 선행하는 지적 모델이 존재한다는 걸 깨닫고, 상호교호성의 가치를 거론한 것도 이 때문이다.

모든 생명체는 타자들과의 관계 속에서, 그 도움으로 살아가는 존재에 불과하다. 인간 역시 공기, 물, 음식 등 무수한 타자들과의 관계 안에서만 생존이 가능하다. 최근의 『진화심리학』에선 인간의 고차원적 특징을 모방에서 찾고 문화를 창조하는 새로운 복제자로서 '밈[meme]'을 주목하고 있다.

요컨대, 우리 몸이 유전자의 지배를 받는 것처럼, 우리가 영위하는 삶이란 앞 시대의 관념이나 문화 패턴의 모방에 지나지 않는다. 말하자면 인간 의식은 앞선 시대의 '정신 바이러스[Virus of the Mind]'에 의해 전염된 산물이다. 이렇게 볼 때, 인간은 생명의 기본적 인자뿐 아니라, 의식마저도 빚더미인 셈이다.

감사하라. 감사를 모르는 인격은 무지하며 황폐하다. 그것은 인간이 물이나 공기의 도움 없이도 살 수 있다고 믿는 것만큼이나 어리석은 생각이다. 천천히 자신의 주변을 둘러보라. 그리고 그대가 짐 지고 있는 어마어마한 크기의 채무를 자각하라. 더 겸손하게 주변을 사랑하고, 더욱 열심히 살아야 할 이유가 이제 분명해지지 않는가?

메멘토 모리

　지난여름 나는 존경하는 네 분의 위인들 묘소를 참배하는 것으로 스스로에 대한 성찰의 기회를 찾았다. 그리하여 그 여름 휴가는 나에게 아주 특별한 순례의 여정이 되었다.

　먼저 경기도 고양시 덕양구 대자동, 대자산으로 최영 장군[1316-1388] 묘소를 찾아뵙고, 용인시 모현면 능원리의 포은 정몽주[1337-1392] 선생 묘, 경북 안동으로 내려가 도산면 토계리, 건지산에 있는 퇴계 이황[1501-1570] 선생 묘, 그리고 경기도 양평군 양서면 목왕리 한음 이덕형[1561-1613] 선생 묘소를 차례로 찾았다.

　이분들은 한결같이 올곧은 삶을 실천한 분들이다. 위인이란 누구인가? 어쩌면 자기 앞에 놓인 죽음과 치열하게 만났던 사람들이 아닐까. 중세의 성숙한 잠언, 메멘토 모리^{memento mori}는 '살아서 죽음을 기억하라'는 충고다. 어떻게 죽을 것인가를 진지하게 고민하는 사람은 자신에게 주어진 한 번의 생을 함부로 살지 않는다. 그런 점에서 위인이란 험난한 상황을 가치 있는 의미로 바꾼 사람들이다.

이분들이 우리 시대를 살았다면 어땠을까? 그런 가정이 고개를 쳐들자, 격랑 치는 이 시대의 풍경들이 스쳐 갔으며, 어느 때나 부패한 욕망과 청결한 양심은 공존한다는 사실을 확신할 수 있었다. 역사란 끊임없이 순환하기 때문이다. 내가 의심치 않는 또 하나의 믿음은 이분들이 이 시대를 살았다면, 장기기증이나 시신기증의 유지를 남겼으리란 예감이다.

창졸지간 살육을 당한 최영 장군이나 포은 선생, 광해군의 학정에 반대하여 곡기를 끊고 죽은 한음은 예외로 치더라도, 퇴계 이황 선생의 경우가 그걸 말해주기 때문이다. 장례법도가 목숨보다 중요시되던 16세기를 기억할 필요가 있다. 그분의 임종을 기록한 〈고종기^{考終記}〉에 보면, 간소하고 조촐한 장례와 화려하지 않은 묘지를 당부했으니, 예조에서 예장하려 하거든 유명^{遺命}이라 따를 수 없다고 고사하라, 일체의 유밀과^{油蜜菓}를 쓰지 말라. 묘비엔 '퇴도만은 진성이공지묘^{退陶晚隱 眞城李公之墓}'만 쓰고, 이름마저 새기지 않도록 당부한 걸 볼 때 그렇다. 건지산, 선생의 묘역에 이르는 길은 높고 가파르다. 아무나 오지 말라는 경고 같다. 생전의 소망대로 소박한 묘역 어디에도 선생의 함자는 보이지 않는다.

자신의 능력을 포장하여 선전하거나, 부정과 비리로 축재하며, 사사로운 파당을 만들고, 국가의 장래가 아니라 자신의 부귀를 도모하는 자가 간신이요 역도다. 이런 자들이 득세한 시대를 역사는 암울한 혼란기로 기록하는 것이니, 뻔뻔하게도 그들은 죽어서도 호화무덤의 주인이길 갈망했다.

하늘 무서운 줄 모르는 자들을 일컬어 '간이 부었다'고 말하는 건 그들이 최소한의 양심마저 저버린 아주 특별한 인간이란 뜻이다. 이런 부류일수록 성숙한 사유력이 부재하며 죽음을 망각한 경우가 많다. 인간에게 가장 무서운 경고가 '너 한 번 죽어볼래?'다. 그러나 죽음은 경험을 허용하지 않는다. 절대무지의 세계가 죽음이기에, 죽음은 영원한 외경畏敬의 대상인 것이다.

아르스 모리엔디ars moriendi는 '죽음의 예술'이란 뜻이다. 예술의 가치가 상투적 인습에서 탈피하여 새로운 감수성을 환기하는 일이라면, 죽음은 결코 삶의 반대국면이 아니다. 오히려 죽음은 삶의 전 과정에 대한 해명이며 승화에 가깝다. 삶 속에서 죽음의 씨앗이 자라나듯이, 죽음으로서 삶은 마침내 평가되기 때문이다. 그러므로 어떻게 살 것인가? 그 질문에 대한 대답은 어떻게 죽을 것인가! 그 다짐 속에 숨어있으며, 그때 비로소 죽음은 예술적 차원으로 격상되는 것이다.

기억하라, 가을

가을이다. 가을은 새털구름과 함께 온다. 드높은 하늘, 서늘한 하늬바람과 더불어 온다. 강물의 살갗엔 푸른 소름이 돋고, 나뭇잎들은 햇살의 세례를 받아 찬란하다. 이 무렵이면 내 시야엔 투명한 햇살만 보인다. 그래서 세상이 온통 새하얗게 빛난다. 지루하던 폭염과 장마 속에서도 가을은 용케 제 몸을 추스려, 성찬의 열매를 주렁주렁 매단다.

R.M. 릴케가 〈가을날〉에서 '지난여름은 참으로 길었습니다. … 이틀만 더 남국의 햇빛을 주시어…'라고 노래할 때, 독자들은 의아하게 느낄지 모른다. 그러나 뜨거운 햇빛이 없이는 열매 또한 기대할 수 없다. 따라서 풍요로운 가을의 전제는 길고 무더운 여름이란 걸 떠올릴 때, 이 문맥의 깊은 뜻이 헤

아려 질 것이다. 어찌 계절뿐이랴? 고난의 시기가 길수록 지혜도 깊어지는 법이니, 그걸 회피한다면 인생의 가을은 얼마나 황량할 것인가? 그래서 고락은 늘 동전의 양면이다. 고통이 큰 만큼 즐거움도 커질 테니 말이다.

루이스 멜로니는 〈진흙의 시〉에서, 가을은 사랑하기엔 너무 늦고, 죽기엔 너무 이른 계절이라고 노래했다. 가을이 한 해의 후반부에 해당하는 계절이듯 인생의 가을은 장년을 지나 노년으로 접어드는 시기다. 그러므로 시인의 저 낭만적 언명은 젊은이들에 대한 경고와 노인들에 대한 위로로도 읽을 수 있다. 그렇다. 가을은 끝이 아니라, 여유와 유예의 기간이다.

봄에 밭 갈고 씨 뿌리지 않으면, 가을에 소득이 없다는 경구는 너무 엄정하여 냉혹하게 느껴지기도 한다. 하지만 이것이 자연의 이법이다. 청년기는 바로 인생의 경작기에 속한다. 이 시기를 놓치고 말면 금세 여름이 오고, 덧없이 가을을 맞이해야 한다. 멜로니는 인생의 이런 과정을 사랑과 죽음으로 비유한 것이다.

만인은 시간 앞에 평등하다. 이것은 물리학의 고전적 명제다. 그러나 시간은 동등하게 주어지지만, 시간에 대응하는 저마다의 태도는 상이하다. 여기서 인생의 질이 바뀐다. 노력의 유무는 말할 것도 없지만, 그 노력이 특정 분야로 편중될 때, 쏠림 현상이 생긴다. 쏠림은 편견을 낳고 배타성을 키운다. 우리 사회에 만연한 고질적 편 가르기나 무시무시한 적대감의 배후에 쏠림이 있다.

적어도 가을은 쏠림을 해제하는 계절이다. 아름다운 단풍이 죽음의 예고인 것처럼, 가을은 청년과 노년을 아우르는 계절이니 말이다. 아니 가을은 애써 지난날의 과오를 덮어주며 위무하는 시기다. 짙푸른 녹음으로 햇빛에 맞서다가, 그 빛을 조용히 내려놓는 시절이니 말이다. 그래서 가을은 삶의 풍파를 견뎌낸 연륜이 묻어나는 계절이다.

가을에겐 봄의 들뜸이나 겨울의 낙담이 없다. 몇 장의 마른 잎이 고궁 담장 길에 쌓여있다. 낙엽은 바람이 이끄는 대로 천천히 몸을 맡긴다. 그 표정에선 어떤 회오나 원망의 그림자도 찾을 수 없다. 낙엽의 행로란 원숙미를 풍기는 인격을 닮았다.

아름다움 앞에서 감동하며, 서로를 사랑하기에도 인생은 턱없이 짧다. 타인을 모함하거나 증오하는데 소모하는 시간이야말로 얼마나 무가치한 인생의 낭비인가? 철학이란 말은 이성적 앎philos을 사랑한다sopia에서 나왔다. 앎에 대해 집요한 호기심을 갖자. 쏠림을 뛰어넘기 위해 폭넓게 읽고 배우자.

죽기엔 아직 이른 계절이 가을이다. 키에르케고르는 절망과 포기를 '죽음에 이르는 병'이라고 진단하였다. 아직은 가을이다. 아직은 절망하거나 포기할 때가 아니다. 릴케가 노래하듯 '이틀만 더 남국의 햇빛을' 갈구하는 자세로 시간의 주인이 되자. 가을은 사랑하기에 이미 늦은 계절이 아니다. 가을은 이루지 못한 사랑의 발치에 더욱 맹렬히 매달리는 계절일 뿐이다.

다시 시월은 가고

시월은 가을의 정점이다. 그건 시월이 단풍의 계절이기 때문이다. 당나라 시인 두목杜牧 803-852은 '단풍이 봄꽃보다 더 붉다霜葉紅於二月花'고 노래했다. 오색 단풍이 세상을 뒤덮고, 잎맥 깊은 곳까지 단풍즙이 고여 사방으로 번진다. 단풍에 물든 그대와 나의 얼굴도, 골목길과 강물도 모두 붉다. 청명 하늘과 산들바람도 좋지만, 시월이 눈부신 건 역시 단풍 때문이다. 아니다. 세상을 한 빛으로 물들이는 저 번짐 때문이다.

그러나 단풍은 잎새의 병이다. 물관이 비좁아지면서 산소동화작용이 방해를 받기 시작하고, 잎새들은 온몸에 열꽃이 피어 시름시름 붉어지거나 누렇게 뜬다. 우리가 단풍의 아름다움에 취하여 환호할 때, 잎새들 편에서 보면 그 작태가 야속하기 그지없다. 열병으로 죽어가는 면전에서 기념촬영이라니!

세상의 이치가 이와 같다. 내 입장만 내세우기보다 타자의 상황부터 살피는 태도, 그것이 상대주의적 관점이요 타자지향적 자세다. 멕시코가 낳은 노벨문학상 수상 시인 옥타비오 파스[Octavio Paz 1914-1998]는 사랑을 '타자에 대한 갈망'이라 정의한다. 나를 앞세우지 않고 상대를 우선 배려하는 인격이야말로 사랑할 준비가 끝났다는 뜻이다.

절대주의나 자기중심적 관점에서 바라보면 모든 게 진실 아니면 허위요, 친구 아니면 적이다. 그러나 이건 매우 위험한 편견이다. 나치의 유태인 학살이나 코소보 인종청소 사태, 일본제국주의의 만행 및 영토에 대한 생트집, 오늘날 성전聖戰이란 미명 아래 자행되는 종교적 테러와 적대감 등이 모두 절대주의 환상 탓에 빚어진 비극들이다. '자기 집단에 대한 옹졸한 헌신만을 요구하는 낡고 퇴행적인 부족주의가 새로이 등장하여 인류를 분열시키고 있다'는 조너선 색스[jonathan sacks]의 우려는 이 시대 지구촌이 앓고 있는 역병이다.

적과 동지를 편 가르기 하는 가장 강력한 집단이 정치판이다. 그들을 보면 나는 항상 정의요 타인은 늘 불의다. 이런 자기중심적 세계관, 편협한 절대주의 입김이 종교와 학문마저 농단했던 시절이 있었으니, 그것이 이른바 암흑기$^{\text{The dark ages}}$요, 중세$^{\text{The middle ages}}$다. 사실 중세는 여러 측면에서 근대의 싹을 배양한 시기였지만, 아직도 폄하되고 있는 까닭이 이것이다. 젊은이들이 정치적 전략에 휘말리거나 편 가르기에 동참하는 걸 우려의 눈길로 바라보는 연유가 여기에 있다.

이것은 계절을 대하는 입장도 마찬가지다. 시월은 즐기기에만 좋은 계절이 아니다. 시월이야말로 책 읽고 사색하기에 더없이 좋다. 그뿐인가. 농부들에게 시월은 눈코 뜰 새 없이 바쁜 수확의 계절이다. 하나의 계절마저 처한 입장에 따라 이토록 달라진다. 우리가 그 차이를 존중해야 하는 건 상대주의적 시선이 여기서부터 시작되기 때문이다. 그러므로 단풍의 치명적인 고통이 우리에게 볼거리를 제공할 때, 우리도 문병의 뜻부터 전하자. 얼마나 아프냐고, 새봄엔 더 건강한 잎새로 돌아오라고!

이란 출신 여성시인 파로흐자드[Farrokhzad 1935-1967]는 '내가 우울한 침묵으로 물든 가을이라면, 내 희망의 잎사귀들은 한 잎 한 잎 잿빛으로 시들어 가리라'고 〈슬픈 기도〉에서 노래했다. 잎새의 편에 서서 가을을 바라본 감동적인 시다. 이것이 바로 상대주의 관점이다. 1999년 압바스 키아로스타미[Abbas Kiarostami] 감독의 영화 『바람이 우리를 데려다 주리라』는 바로 이 시인의 시를 영화화한 것이다. 베네치아 영화제 심사위원 대상작일 뿐 아니라, 키아로스타미를 세계적 명장의 반열에 올려놓은 영화다.

그러나 단풍의 계절은 짧다. 그래서 시월은 반추와 자성의 달이다. 속절없이 보낸 시간에 대한 반성과 두어 장 남은 달력 앞에서, 알찬 마무리를 다시금 결의하는 달이 시월이기 때문이다. 일기일회一期一會란 말이 있다. 기회는 오직 한 번뿐이란 뜻이다. 올해의 시월은 이제 다시 오지 않는다.

가버리는 시월 앞에 우리 모두 경건해지자. 지금 우리는 어디서 무엇을 하는지? 돌아오지 않을 시간 앞에 부끄럽지 않은

지? 진지하게 반문하자. 그리하여 간절히 시월의 옷자락을 붙잡고 속삭여 보자. 편견에 휩쓸리지 않으며, 인습적 사고에 물들지 말자고. 폭넓게 사유하며 창조적 발상을 훈련하자고.

내 입장에 앞서 타자들, 내가 아니라 모든 오브제들 편에 서 보자. 그때 우리가 알고 있던 세계는 전혀 뜻밖의 정경으로 재편되는 놀라운 체험을 하게 될 것이다. 어쩌면 그것이 아쉬운 시월과 아름답게 고별하는 하나의 방법인지 모른다.

모든 게 다 사라진 건 아닌 달

11월이다. 올해도 한 달 남짓 남았다. 캘린더가 달랑 한 장 남았다. 11월이 오면 내 귓전엔 아그네스 발차가 부른 슬픈 그리스 노래 〈기차는 8시에 떠나네〉 가락이 먼저 맴돈다. 지중해 음악의 거장 미키스 테오도라키스의 곡이다. 그리고 라틴아메리카풍 〈철새는 날아가고〉 선율이 떠오른다. 그 가락을 따라 부른다. 문득 눈물이 날 것 같다.

인디언들은 11월을 '모든 게 다 사라진 건 아닌 달'이라 부른다. 그건 십일월이나 노벰버November란 명칭보다 월등히 시적인 이름이다. 나는 그래서 저 명칭을 유난히 사랑한다. 인디언들은 모두 시인이었다는 걸 의심하지 않는다. 인디언이 시적 감수성으로 무장한 까닭은 그들이 모든 걸 자연에서 배웠기 때문일 것이다.

　노신魯迅 선생은 '아침꽃을 저녁에 줍는다朝花夕拾'고 노래했다.
누구나 아침 꽃의 시기를 거친다. 그러나 아름다운 그 꽃도 이
윽고 낙화의 때를 맞이하기 마련이다. 세월은 속절없다. 하루
해 쉬 지고, 한 해가 저무는 것처럼, 세월 앞에 절박했던 건 고
금이 따로 없다. 대시인 이백이 '옛 사람 지금 사람 모두가 흐
르는 물古人今人若流水'이라 읊을 때의 심경도 이와 다르지 않다.

　1년을 365일로, 그리고 12개월로 분할 한 건 놀랍게도 고
대 바빌로니아인들이다. 그러나 그 분할이 시간 구분에 대한
절대적 기준치는 아니다. 왜냐하면 12월31일과 1월1일의 태
양은 전혀 다르지 않기 때문이다. 그걸 다른 태양으로 인식한
건 인간이 부여한 의미일 뿐, 자연의 운행은 시작과 끝이 없
다. 노자가 '자연은 영원하다天長地久'고 말한 건 그런 연유다.

　우리가 세월에 종속되지 말고, 세월의 주인이 될 순 없을
까? 이럴 때 떠오르는 게 옛 선사들의 깨달음 방식이다. 그들

은 인생의 비밀을 오래오래 궁리하다가, 어느 한순간 갑자기 깨닫는다고 믿었다. 그걸 돈오頓悟라 부른다. 선사들만이 아니다. 우리가 추구하는 창조적 발상 또한 하나의 깨달음이다. 깨달음은 돌연한 순간 불쑥 찾아온다. 마음에 벼락을 맞듯, 순식간에 의식의 궤도수정이 이루어지는 것이다.

그래, 지난 10개월을 허송했다 하자. 그러나 '모든 게 다 사라진 건 아닌 달'이 우리 앞에 버티고 서있다. 아직도 한 달이 남았다. 그 1개월이 1개월 이상의 의미를 지니는 건 그 시간에 쏟아붓는 추진력이 곧장 새해로 이어지기 때문이다. 따라서 한 달여의 시간은 그동안 풀리지 않던 의문을 풀거나, 새로운 걸 터득하기에 조금도 부족한 시간이 아니다.

우리가 청춘으로 호명될 때, 그 속엔 중요한 사명의식이 숨어있다. 그건 길들여지고 가르쳐진 피동적 존재가 아니라, 스스로 터득하고 눈을 뜬 인격체를 의미하기 때문이다. 플라톤의 『국가론』에 보이는 '동굴의 비유'를 떠올려보자. 모두가 동굴 벽면에 비친 그림자를 실체로 알고 있을 때, 오직 한 사람만이 뒤를 돌아본다. 그리고 그 한 사람만이 비로소 눈부신 태양의 실체를 알게 된다.

오직 한 사람! 상투적 인습에 얽매인 다수 속에서 새로운 실체를 바라본 사람, 우리는 그 사람을 지성인이라 부른다. 청춘은 새로운 각성을 향해 인생을 준비하는 사람들이며, 그 눈뜸을 지향하는 인격체들이다. 그걸 망각하는 순간, 젊음의 존재의미는 무의미한 것이 되고 만다. 아니 우리의 미래는 천박한 천민자본주의 굴레를 벗어나지 못할 것이다.

젊은이들이여! 눈을 떠라. 온갖 통념과 유행의 그림자가 횡행할 때에도, 절대의 아름다움, 가장 가치 있는 의미를 찾아라. 모두가 한쪽 벽면을 바라보고 있을 때, 뒤를 돌아보는 한 사람이 되어라. 여러분에게 부여된 이 운명적 사명감을 깨닫기까지 남은 시간은 절대 부족하지 않다.

이별, 유배, 여행

생각난다. 중국 교환교수 1년, 정이 듬뿍 들었던 마지막 강의시간, 학생들이 여기저기서 흐느끼기 시작했다. 나도 이 이별은 좀 특별하다는 걸 직감했다. 어쩌면 다시는 만날 수 없는 이별이 될지 모른다. 코끝이 시려왔다. 강의를 끝내며 짜이찌엔! 하고 큰 소리로 인사했다. 그러나 그 외침은 확신이 없기에 더 쓸쓸한 울림으로 되돌아왔다.

중국어의 마지막 인사 '짜이찌엔'이란 의미에 실감나는 감동을 느낀 건 그때다. 왜냐하면 짜이찌엔再見은 '다시 만나자'는 뜻이기 때문이다. 슬픈 마지막 순간, 재회의 숨통을 터놓은 그 역설적 몸부림은 얼마나 눈물겨운가?

이별에 대한 공포와 갈등이 신화, 종교, 예술, 철학의 한결같은 뿌리다. 이별 중의 이별은 죽음이지만, 인간은 살아가면서 그 죽음을 수없이 연습하는 셈이다. 애이별고愛而別苦, 사랑하지만 헤어져야 하는 아픔을 부처는 인간의 숙명으로 보았다.

그러나 이별을 예감하기에 인간의 삶은 더 겸손해지고 절박하며 정겨운 것인지 모른다. 이별의 변형 중에 유기와 유폐, 유배와 망명이 있다. 마르시아 엘리아데M. Eliade 는 영웅의 절대 조건으로 '버려진 아이들' 유형을 꼽는다. 제우스, 모세, 오이디푸스는 물론 우리의 박혁거세, 김알지, 유리왕. 무학대사까지 영웅들은 한결같이 버려진 아이들이었다. 베드윈족이었던 마호메트는 종족의 전통에 따라 여섯 살까지 사막에 유기되었으며, 인디언의 성년식이 유기의 체험으로 완성되는 것도 같은 맥락이다. 자연적 요소로 양육된 자들이 바로 영웅이기 때문이다.

유배와 망명이야말로 고통 속에 피어난 영혼의 꽃이다. 이는 세계사상사를 풍요롭게 가꾼 동력이었으니, 피타고라스,

아리스토텔레스, 사도 요한으로부터 도스토예프스키, 아인슈타인, 라흐마니노프까지, 동양에선 손자, 한비자, 사마천, 달마 등이 그 본보기다. 더구나 우리에겐 송강松江, 고산孤山, 다산茶山, 추사秋史로 이어진 유배문학의 빛나는 전통이 있다.

이렇게 볼 때, 이별이란 감상적 슬픔이 아니라, 성취와 깨달음의 첫걸음이다. 이번 여름 뜻깊은 이별의 체험을 찾아 떠나보자. 여행 중의 여행은 내면여행이다. 꿈길처럼 범선을 타고 동지나해로 떠나듯, 자신을 찾아나서는 그 여행은 우리의 운명과 상응할 격렬한 변화를 몰고 올 것이다. 젊은 시기의 내면여행은 역시 독서가 최고다.

21세기의 키워드, 요컨대 휴머노이드humanoid, 인지과학cognitive science, 사이버 스페이스cyber space, 바이오닉스bionics 등에 대한 이해를 통하여 가공할 세계변화를 미리 경험해야 하는 건, 이것이 여러분 시대에 실현될 세계상이기 때문이다. 제카리아 시친의 연작들『수메르, 혹은 신들의 고향』이나 인류 최초 서사시『길가메시 서사시』를 읽으며 충격적인 문제의식과 대면하거나,

칼 세이건의 우주에 대한 아름다운 보고서 『코스모스』나 『창백한 푸른 점』을 섭렵한다면, 생각의 키가 성큼 자라버린 자신과 만나게 될 것이다.

젊은 시기엔 특히 문제작과의 대면이 필요하다. 카를로스 도밍게스 『위험한 책』, 산체스 피뇰 『차가운 피부』, 이란 영화 『코뿔소의 계절』, 아서 매켄 『불타는 피라미드』 등의 소설이나, 브라질 영화 『모래의 집』, 헝가리 영화 『사탄 탱고』, 이란 영화 『취한 말들을 위한 시간』, 터키 영화 『욜』을 감상한다면, 그 충격이 감수성의 쇄신을 몰고 올 것이다.

우매한 자들만이 떠남을 미루고, 자기 울안에서 맴도는 법이다. 감투 또한 마찬가지다. 나가고 물러날 때를 놓치고 패가망신한 경우는 얼마나 허다한가. 만시지탄晩時之歎이란 때를 놓치고 흘린 피눈물에서 유래한다. 몸에 맞지 않는 옷을 입거나, 헐렁한 신발을 끌고 가는 이들은 보기에도 볼썽사납다.

떠난다는 말은 언제나 우리를 설레게 한다. 떠남이란 말에선 모든 탐욕을 내려놓은 자의 깨끗한 허무와 깨달음을 향한 예감이 떠오른다. 언어에도 향기가 있다면, 나는 맨 윗자리에 이 말을 올려놓을 것이다.

시인의 무덤

　물고기는 통발에 걸려 죽는 놈보다 물 때문에 죽는 놈이 많다고 한 건 노자다. 물고기뿐인가? 물을 사랑하는 자 물에서 죽는 법이다. 그래서 모파상은 바다를 어부들의 무덤이라고 했다. 생텍쥐베리는 그가 그토록 동경하던 창공 너머로 아스라이 사라졌다. 그리하여 그의 넋은 지금도 어린 왕자가 되어, 어느 별을 떠돌고 있을 것이다.

　산을 오르다가 산에서 죽은 알피니스트가 어디 한둘인가? 전설적인 일본 산악인 우에무라 나오미나 우리나라 최초로 에베레스트에 오른 고상돈처럼 말이다. 수석 채집가는 아름다운 돌에 취하여 급류에서 사망하는 일이 잦다. 돌은 사나운 물굽이에 오랜 세월 수마가 되어, 관통이 되거나 석질이 빼어나기 때문이다.

내가 군에 입대했을 때, 예하 부대에 오소리 박사란 별명을
가진 영관장교가 있었다. 야생 오소리를 잡아 사육했는데 20
여 마리나 됐다. 그 울안엔 너구리 몇 마리도 함께 있었는데,
오소리들이 너구리를 방석 삼아 깔고 앉아있었다. 오소리의
지능이 높아서 그렇다지만 너구리들이 너무 불쌍했다. 그런데
얼마 후 오소리 박사가 사망했다는 소식을 들었다. 오소리에
게 물린 자국으로 독이 번져 손을 쓸 수 없었다고 한다.

푸시킨은 연인을 위하여 결투를 벌이다가 권총에 맞은 상
처 때문에 죽었지만, 릴케는 자신이 그토록 좋아하던 장미 가
시에 찔려 파상풍으로 숨을 거둔다. 그의 묘비명처럼 순수한
모순이 아닐 수 없다. 경우야 다르지만, 평생 불로초를 찾도록
하고 불사약을 구하는 데 혈안이 되었던 진시황제는 겨우 마
흔아홉에 죽었다.

죽음이 생의 마침표라면 좀 더 근사하고 기쁘게 죽을 순 없

을까? 무지개가 아름답게 사라지는 것처럼, 여명과 함께 새벽
별이 자취를 감추는 것처럼. 그렇다. 하늘에 별과 무지개가 있
다면 지상엔 시인이 있다.

　시인 장호 은사는 쓰러지는 순간까지 원고지 앞에 앉아있었
다. 이형기 시인은 당신의 목표가 아름다운 파멸이라고 되뇌곤
했다. 미당은 말년에 찾아온 불치병을 '시병'이라고, 너무 감
동하다가 심장이 견뎌내지 못한 병이라고 스스로 병명을 붙였
다. 그리고 그 병으로 갔다.

　바다가 어부들의 무덤이라면, 시인의 무덤은 정녕 어딜까?
그가 그 문턱 앞에서 수없이 발길을 돌려야 했던 상상의 나라
일까? 감동으로 가슴 에이는 그 찰나일까? 시인의 무덤이 그
가 쓴 시들은 아닐까? 시가 그토록 실망스런 언어로 고개 내
미는 순간, 영감을 수놓던 불꽃들은 다 사윌 테니까. 눈부시던
꽃잎들은 모두 떨어져 버릴 테니 말이다.

　아니다. 시인의 무덤이란 그가 끝끝내 쓰지 못한 마지막 문

장은 아닐까? 지상에 남기지 못한 영혼의 극점, 그 영원한 오지! 그리하여 시인은 돌아올 수 없는 자신의 몸을 그 문장 속에 파묻는 건 아닐까? 그가 다하지 못한 마지막 언어는 신새벽 풀잎 위에 맺히는 이슬방울이거나, 보는 이의 눈길을 대번잡아끌어, 가슴이 처연하도록 서늘하게 만드는 그런 꽃이었으면 좋겠다.

　내가 꽃을 바라보는 게 아니라, 꽃잎 안쪽을 기웃거리며 자꾸만 꽃의 마음을 읽고 있는 것도 그 때문인지 모른다. 거기 어디쯤 빛나는 문장이라도 박혀있는 것처럼. 아니, 내 무덤이 숨어 있기라도 한 것처럼.

그림자를 찾아서

꽃에서 종소리가 난다. 꽃둔치란 옛 이름을 알고부터다. 그곳을 찾아가는 여정이 42번 국도다. 42번 국도는 내 발자국을 묻어둔 곳이다. 거기 어디쯤 내 그림자도 함께 숨어있던 걸까. 봄이 오면 몸이 먼저 근질근질 숨은 그림자를 수소문하기 시작한다. 그러면 나는 몽유병자나 저녁 안개처럼 42번 국도로 스며들곤 한다.

바다 쪽에서 보면, 동해에서 정선과 평창을 거쳐 횡성, 여주, 이천에 이르는 길목이 42번 국도다. 그 국도의 중심에 평창군 미탄면 기화리가 숨어있다. 미탄美灘은 예쁜 여울이란 뜻이다. 동강 줄기가 그림 같은 절경을 부려놓기 때문이다. 그 미탄면에서도 기화리其花里란 옛 이름이 먼저 나를 홀린다. 꽃둔치! 세상에 이보다 더 아름다운 이름이 있을까? 꽃둔치란 이름을 혀끝으로 굴리는 동안, 꽃에선 갑자기 종소리가 울린다.

동강 어귀에 꼭꼭 숨은 오지마을, 이곳 꽃둔치에 뿌리내리고 나도 여기 야생화 식구로 남고 싶었다. 서울로 돌아갈 때면 내 그림자가 먼저 동행을 거부하곤 했으니, 나는 항상 그림자만 그곳에 남겨둔 채 돌아오곤 했다. 20여 년, 그렇게 꽃둔치란 이름에 빠져 사는 동안, 꽃둔치는 내 몸의 일부가 되고 말았다.

42번 국도는 6번 국도와 만나기도 한다. 6번 국도상 횡성군 서현면 유현리엔 풍수원 성당이 있다. 횡성横城이란 지명의 옛 기록을 보면 어사매於斯梅다. 이두식 표기다. 이걸 현대어로 풀면 '엇뫼'다. 얼기설기 산마루들이 얽혀있다는 뜻이다. 그도 그럴 것이 북쪽에서 오대산1563m, 계방산1577m, 우람한 산줄기가 밀고 내려와 봉복산1022m, 태기산1261m을 부려놓는가 하면, 남쪽에선 치악산1288m, 사자산1181m 높은 준령이 치고 올라와, 산굽이가 갈비뼈처럼 얽혀있는 지형이니 말이다.

그 푸르른 오지, 작은 시내 저쪽에 풍수원 성당은 은자처럼 숨어있다. 고색창연한 붉은 벽돌 빛과 울창한 숲의 색채 대비 때문일까. 이곳에 오면 온 숲에서도 종소리가 울린다. 1907년 완공된 문화재일 뿐 아니라, 한국인 신부가 지은 최초의 성당이 여기다. 아직도 마루바닥에 그대로 앉아 미사를 올리는, 풍수원 성당에선 내 유년의 향기가 난다.

장호章湖 시인은 『한국명산기』에서 산의 품격이 세 가지 조건에 맞아야 명산이라 하였으니, 놓임새, 앉음새, 품새가 그것이다. 참으로 탁견이 아닐 수 없다. 건축물 또한 이와 다르지 않다고 생각한다. 은수자에게 맞춤한 그 앉음새, 조화와 균형을 살린 놓임새, 장인의 손길을 짐작케 하는 규모, 성당의 품새 말이다.

수려한 건축물의 멋에 취하다가 다시 생각한다. 창작이란 행위가 그러하듯, 문학 또한 언어로 짓는 집이 아닌가. 형편없는 양식으로 빈약한 문제의식을 담은 문학이란 볼품없는 건물과 다르지 않다고. 그러므로 질 낮은 독자의 구미에 따르거나,

상술에 찌든 문학의 행태란 아예 짓지 말아야 할 집인지도 모른다.

풍수원 성당의 빼어난 건축미 앞에서, 새삼 나는 문학이란 집의 품격을 배운다. 42번 국도를 바닷가에서 출발하여 6번 국도에서 풍수원 성당을 만나고, 다시 42번 국도로 들어선다. 바닷물 소리가 이 산속까지 따라오는 중이다. 이미 나는 저 꽃들이 울리는 종소리를 나침반 삼아, 산 넘고 물을 건너온 길이다. 그래서 42번 국도는 인생 여정을 닮았다는 생각이 든다. 오르락내리락 부침을 온몸으로 겪으며, 시시각각 햇살과 음영의 변화를 견뎌내며.

아니다. 사실은 내 마음이 먼저 그런 변화에 고스란히 노출되어 버렸다. 몸과 그림자의 어긋남처럼 내 무의식이 일으키는 의식과의 마찰 때문이다. 그래서 이곳을 떠날 때면 나는 언제나 신비로운 체험을 겪는다. 그림자만 남겨둔 채, 내 몸만 홀로 떠나는 어처구니없는 이탈감 말이다. 언제나 되풀이되는 일이지만, 42번 국도는 결국 두고 온 그림자를 찾아가는 여정이 되고 만 셈이다.

소금창고

신도시 풍경을 언뜻 벗어나자, 바다 내음이 확 퍼진다. 이 신도시는 포구 위에 세워졌다. 띄엄띄엄 아직 제 자리를 지키고 서 있는 소금창고들만이 여기가 유서 깊은 염전이었다는 걸 증거한다. 지금 소금창고들은 바스러질 듯 퇴락한 몸을 간신히 지탱하고 서 있다. 이곳 소래포구의 소금창고나 협궤열차는 그 이름만으로도 중년 이상 사람들 뇌리속에 추억을 불러일으킨다.

소금 성분은 본디 독이다. 소금 안에 들어있는 두 개의 성분, 소디움^Sodium과 클로라이드^Chloride는 따로 먹으면 위험하다. 200 그램만 섭취해도 치사율에 이르는 걸로 알려져 있다. 그러나 소금은 두 개의 독이 만나 절묘하게 화학적 변화를 일으

켜, 소중한 식품으로 변신했다.

『조주록』趙州錄이나 『운문록』雲門錄에도 '쌀은 싸고, 소금은 비싸다'는 말이 여러 번 선문답으로 차용된 걸 보면, 과거 소금의 위상을 짐작할 만하다. 성서에 '빛과 소금이 되라'는 권고도 같은 맥락이다. 사실 로마시대엔 급여가 소금이었다. 급여Salary란 말도 라틴어 소금Sale에서 나왔다. 이것이 영어의 세일Sale의 뜻으로 전이된 건 한참 뒤의 일이다.

폼페이 유적에서 어린이의 미라를 만났을 때, 내 뇌리에 떠오른 갑작스런 느낌도 소금이었다. 창밖을 응시하는 아이의 형상에서 반가움과 경악이 뒤섞인 표정을 상상했기 때문이다. 아비는 지금 막 급여로 받은 소금 한 포 짐 지고 폼페이 대로를 들어선다. 앗, 아빠다! 창밖으로 아이가 소리치는 찰나, 베수비오산의 화산재가 이들 부자를 덮친다. 지척을 사이에 두고, 이들 부자는 끝내 만나지 못했을 것이다. 이천 년 전 얘기를 그렇게 풀고 나니, 내 안에 잠복해 있던 격렬한 슬픔이 밀려 나온다.

참 오랜만에 소래포구를 지난다. 익숙한 풍광이 사라졌다는 것은 슬픈 일이다. 지난 이십여 년 사이 천지가 개벽한 느낌이다. 소금창고와 신도시 아파트의 어울리지 않는 공존, 그 때문에 갑자기 엉뚱한 생각 하나가 떠오른다. 소금이 새라면 가금류家禽類에 해당하지 않을까. 바닷물을 새장에 가두듯, 몇 번이고 길들여 결국 바닷물의 푸르름이 다 빠진 흰 재, 그게 소금이니 말이다.

그건 마치 선승이 선방에 스스로를 가두어, 생각의 흰 뼈를 빚는 일과 같은 이치다. 그렇다. 선승이 사유의 폭을 극한까지 몰고 나가 전혀 다른 인격으로 거듭나는 것처럼, 바닷물은 염전에 갇혀 형태와 성분의 일대 전환을 맞이한다.

선승과 소금, 이들의 운명을 바꾼 건 절대 변화다. 바닷물에서 소금으로의 변화과정은 부활의 참뜻을 되새기게 한다. 부활이 이전의 상태와 완전히 달라진 거듭남을 뜻한다면, 소금이야말로 자연이 보여주는 부활의 생생한 얼굴이 아닐 수 없다.

그리스 철학의 인상적인 명제 중 하나가 '소금은 물에 녹는데, 모래는 왜 녹지 않는가?'의 문제였다. 철학자들은 이 명제를 화두로 삼아, 본질과 현상의 차이를 밝히고자 했다. 이들이 주목한 건 변화를 통한 운명의 전환 문제였으며, 그 대리물로 소금을 선택한 건 의미심장하다. 그들은 닮은꼴의 상이한 두 대상, 소금과 모래를 통하여 성장과 정체의 차이를 밝히려 했으며, 전향적 자각의 연유를 규명하고자 했다.

소금은 썩지 아니할 하나의 징표이기도 하다. 『창세기』엔 롯의 아내가 '소금기둥'이 된 이야기가 나온다. 이건 금기를 위반한 자에 대한 징벌로서, 영원히 변치 않을 경고를 부각시킨 것으로 볼 수 있다. 튀니지 출신 혼혈작가 알베르 멤미^{Albert Memmi}의 『소금기둥』은 식민주의자와 피식민지인 사이의 운명적 엇갈림을 불변의 갈등으로 아로새긴 걸작이다.

하지만 '소금도 곰팡난다'는 속담은 되새겨 볼 만하다. 절대적으로 완전무결한 건 없으며, 변치 않는 것 또한 없다는 게 이 속담의 교훈이다. 그렇다. 불변의 상징인 소금 자체가 이미 거대한 변화과정을 거친, 변신의 산물이 아니고 무엇인가. 혹시 인생 또한 혹독한 변화를 겪은 후에야 부패하지 않을 자질을 획득하는 건 아닐까.

신도시 풍경을 언뜻 벗어나자, 바다 내음이 확 퍼진다. 이 신도시는 포구 위에 세워졌다. 거기, 기다리다 몸이 굳은 망부석처럼 소금창고들이 서 있다. 도시의 외곽으로 떠밀린 집시처럼, 곡조를 잃어버린 음표처럼.

여행으로의 초대

시장이 반찬이란 말이 있다. 시장할 때 먹는 음식은 고기보다 맛있다. 그래서 예로부터 만식당육晚食當肉이라 말한다. 그것은 음식에 대한 갈급한 허기 때문이다. 허기는 바로 간절함의 근원이다.

지식에 대한 갈증이나 아름다움에 대한 욕망도 마찬가지다. 떠나고 싶다는 욕구도 갈증과 허기에서 나온다. 새로운 것에 대한 동경이란 점에서 이것은 독서에 대한 무의식적 열망과도 흡사하다. 더구나 그것이 폭넓은 앎에 대한 갈증이거나, 창의적 발상을 부추기는 충동이라면, 그 욕구는 생산적인 결과를 기대해도 좋다.

떠난다는 건 이미 자기갱신의 예고이며 변화를 위한 디딤돌이다. 왜냐하면 여행을 계획하는 순간, 그건 벌써 자기발견이나 세계에 대한 눈뜸을 기약하는 행위이기 때문이다. 왕자의 신분이었으나 4대문 밖을 돌아본 뒤 인생 여정을 바꾼 부처나, 중남미 여행을 통해 의학도에서 혁명가로 바뀐 체 게바라Che Guevara의 경우 뿐인가?

위대한 인류 현철賢哲이나 선각자들이 앞다퉈 떠났던 연유를 상기해보라. 탈레스Thales와 피타고라스Pythagoras는 이집트, 바빌로니아 기행을 통해 진리의 눈을 뜬다. 공자가 천하를 주유周遊한 것도 이 때문이다. 여행을 통해 인류 역사는 새로 쓰여졌다. 7세기의 현장玄奘, 9세기 신라인 혜초慧超, 13세기말의 마르코 폴로Marco Polo, 14세기 이븐 바투타Ibn Battuta, 30여 년간 항해를 통해 동서 문화교류에 앞장 선 15세기 초의 명나라 원정가 정화鄭和, 15세기 말의 콜럼버스Columbus 등의 경우가 그렇다.

낯선 것에 대한 새로운 눈뜸, 익숙한 세계와의 결별이야말로 여행이 주는 은총이다. 그러므로 여행은 놀이 위주가 아니라, 순례巡禮 지향적일 때, 그 가치가 극대화된다. 말하자면 분명한 의도와 목적을 수반하는 여행이야말로 생산적인 여행이다. 그리고 그때, 여행과 창조 사이에도 뗄 수 없는 연관이 생긴다. 그래서 톨스토이Tolstoi는 아스타포보란 시골 간이역 역장실에서 객사할 때까지 여행을 멈출 수 없었으며, 대시인 보들레르Baudelaire의 평생을 지배한 감각은 십대 말 인도 여행에서 받은 충격과 매력이었다.

보들레르가 〈여행으로의 초대〉에서 노래한다. … 이 흐릿한 하늘의 /젖은 태양들은 /내 마음에 너무나 매혹적이니 /… 그곳에서 모든 것은 /영혼에게 비밀스레 속삭이리라… 불멸의 시집으로 세계문학사에 우뚝한 그의 『악의 꽃』은 인도기행의 산물이라 말해도 지나치지 않다.

나는 소년 시절, 쥘 베른Jules Verne의 『15소년 표류기』를 읽고 엄청난 충격을 받았다. 내가 주인공 브리앙이 된 꿈을 수없이 꾸었다. 그 무렵 고향을 떠나, 장년이 된 지금까지도 나는 그를 잊지 않고 살아온 느낌이다. 낯선 것들이 강렬하게 이끄는 모험심! 나는 그것이 창작의 동력이며 지적 호기심이라고 믿는다. 어쩌면 그 충동이 독서와 여행으로 이끄는 허기와 갈증인지도 모른다.

돈과 시간을 핑계 삼는 건 여행의 본질을 모르고 하는 말이다. 한 주를 열심히 일하고 주말을 이용하거나, 오후에 잠깐 생긴 짬을 활용해도 근사한 여행은 얼마든지 가능하다. 열심히 사는 건 여행의 전제조건이다. 휴대폰 비용을 절감하거나, 헛돈을 쓰지 않는 것, 시간을 계획적으로 쪼개어 쓰는 것, 이런 작은 실천들이 바로 여행을 위한 준비물인 셈이다.

나는 틀에 박힌 스펙쌓기나 영어권 어학연수를 권유하지 않는다. 그것보다 훨씬 중요한 게 있다고 믿기 때문이다. 좁은 시야에서 벗어나 넓은 안목을 확보하는 기회, 아니 새로운 자아와 대면하는 계기가 그것이다. 그래서 나는 색다른 여행을 당부하고 싶다. 그곳이 어디든 인적이 드문 오지마을이었으면 좋겠다. 뜻깊은 봉사활동이나 아예 책 속으로 칩거하는 것도 매력적인 여행이다. 왜냐하면 불편하고 힘겨운 여정이 큰 폭의 인격적 변화를 몰고 오기 때문이다.

　젊은이에게 여행은 도전의식이며, 새로운 인생을 설계하는 절호의 기회다. 아니, 예기치 못한 운명의 전환과 대면하는 뜻 깊은 모험이다. 나태한 일상 속에 매몰되거나 관습의 울안을 맴돌지 말고, 부디 새로운 나를 찾아 떠나보라.

세계시민을 아세요?

모든 일이 정도를 지나치면 탈이 난다. 나라 사랑도 예외가
아니다. 역사적으로 광신적 애국주의[Jingoism]의 결말은 참담하다.
나폴레옹의 몰락은 물론, 게르만 민족의 우성학적 우수성에
집착했던 히틀러, 황국신민의 망상에 사로잡혀 대동아공영권
을 주창했던 일본 제국주의의 종말이 그렇다. 이들의 비극은
한결같이 애국주의에서 출발했으나, 국가의 권위를 크게 손상
시킨 경우들이다.

젊은 세대의 아름다움은 생명력과 자신감, 그리고 허황될
만큼 미래를 낙관하는 태도에 있다. 레비 스트로스의 『슬픈
열대』에 보면, 아마존의 남비콰라족에겐 '아름다움과 젊은이'
'추함과 늙은이'의 뜻이 동의어라 한다. 사실 젊다는 것보다

더한 재산과 권력은 없다. 젊다는 건 충만한 자신감을 의미하며, 자신감은 타인을 배려하는 포용력을 낳기 마련이다.

그런데 젊음의 고귀한 특성을 상실한 젊은이들을 볼 때, 걱정스러움은 물론 슬픔을 느낄 때가 있다. 한일관계나 한중관계에서 어떤 문제가 발생했을 때, 소위 댓글[reply]에 참여하는 젊은이들 말이다. 비이성적, 비논리적 배타성을 넘어, 저주, 분노, 욕설을 쏟아내는 그 댓글을 보면 소름이 돋는다. 대체 저들의 가슴에 맺힌 저 증오심은 어디서 연유하는 걸까? 누가 저들에게 저토록 편협한 애국심을 심어주었을까?

21세기는 w.w.w.으로 수렴된다. w.w.w.의 등장은 거리가 시간에 비례한다는 등식을 일거에 깨뜨렸으며, 이념과 국경의 경계를 초월하도록 이끈다. 사실 우주엔 경계가 없다. 판구조론[板構造論]에 따르면, 5대양 6대주의 구획도 미래의 초대륙을 향해 점진적으로 이동하고 있다고 한다. 그때쯤 세계는 하나의 대륙으로 통합된다는 논리다. 학문의 영역은 장르를 초월한 융합을 향하여 그 경계가 무너지고 있다. 불변이란 없다. 인간의 가치관 또한 빠르게 바뀌고 있다.

이제 세계는 문화적 세계시민^{cultural cosmopolitan}의 등장을 목전에 두고 있다. 동일민족과 이민족 간의 차별이 사라진, 우호적 동질성으로서의 '세계시민'이란 새로운 종족이 출현하고 있다는 뜻이다. 그 징후가 곳곳에서 감지되고 있으니, 여러 분야에서 동일한 신념에 따라 국제적 유대를 맺거나, 세계적 동호회가 결성되고 있는 것, 국가 못지않게 시민사회 간의 교류연대가 증폭되고 있다는 사실, 국경없는 의사회 활동이나 국제봉사단체가 활성화되고 있는 것이 그 증거다.

특히 트위터를 통한 댓글문화의 확산은 일반인이 언론의 생산자, 소비자 두 기능을 점유하면서 미디어 혁명을 이끌고 있을 뿐 아니라, 세계인이 실시간으로 전송되는 뉴스를 공유하는 모바일 시대로 접어들었다. 이런 급격한 변화야말로 우리가 이미 지구촌 시대 지구 시민이란 사실을 실감케 한다.

이러한 시대적 추이에 발맞춰 우리 젊은이들의 의식도 세계시민의 품성과 자질을 익혀야 한다. 어설픈 민족 감정에 휩쓸려, 감정적 애국심을 발동하는 건 시대착오적일 뿐 아니라, 국가 간 민족 감정을 악화시키는 짓이다. 폐쇄적인 순혈주의나 일국주의 시각으론 결코 지구 시민의 일원으로 참여할 수 없다. 이 문제의 해결책은 바로 세계시민의 눈높이에서 사고하고, 상대를 세계시민으로 받아들이는 포용력에서 나온다. 젊다는 건 자신감이며, 자신감은 배려의 미덕에서 출발하기 때문이다.

모레란 말

그렇지, 내일 뒤엔 모레가 있지. 사랑이란 뜻의 이태리어 아모레와 비슷한 우리말. 모래보단 입술이 달콤하게 좁혀지면서, 혀가 살짝 말리는 언어. 모음으로 끝나는 음가는 유성음 특유의 부드러움을 지니고 있어, 듣기에도 퍽 편안해진다.

이국의 방언 하나를 배운 것처럼 새삼 나는 모레, 모레하고 혀끝으로 그 음가를 굴려본다. 모레란 말에선 코발트 빛깔이 묻어난다. 그러나 그 속살은 기다림으로 버무려진 연분홍 색깔일 것만 같다. 그러면서 생각하는 것이다. 여자 이름, 회사명, 상호... 어느 곳에 갖다 붙여도 손색이 없겠다고. 부족하긴커녕 가장 고상하고 빛나는 이름이 되겠다고. 이참에 나도 '모레'란 시를 써볼 참이다.

『맥베드』 5막 5장은 '내일, 내일, 또 내일은 귀여운 아장걸음으로 나날이 다가온다'라고 시작되는데, 셰익스피어는 내일의 무수한 반복이 세월이요, 결국 역사라고 말하고 싶었던 모양이다. 물론 나는 내일의 의미를 매혹적인 은유로 들려준 사람을 기억하고 있다. 내가 몹시 좋아하는 그리스 감독 테오 앙겔로폴로스의 『영원과 하루』란 영화 말이다. 그는 내일을 '영원하고도 하루'라고 말했다.

그렇다면 모레는 어떤가? 사실 내일은 지나치게 촉박하거나, 몹시 서두르는 느낌이 없지 않다. 사랑하는 연인들이나 친구끼리의 약속도 모레쯤으로 미루어두는 건 어떨까. 그 순간 내일은 덩달아 기다림의 울안으로 목을 디밀고, 그 유예의 시간이 은총처럼 길어질 테니 말이다.

어제에 사로잡힌 자는 어리석다고 말한 게 누구더라? 하지만 내일만 생각하는 사람 또한 현명하지 못하다. 장자가 말하는 '진어무경振於無境'의 세계는 어제와 내일을 벗어나 우주로 통하는 시간이다. 그 의미에 가장 가까이 서 있는 언어를 나는 우리말 모레에서 본다.

내일이 벗어날 수 없는 장벽처럼 앞을 가려도, 그걸 뛰어넘는 모레의 눈길은 너그럽다. 한 사람의 눈길이 내일 너머 모레에 미치는 순간, 그의 안목은 이미 시간의 속박을 벗어날 테니까.

봄이 오고 있다. 뒤이어 여름과 가을을 보내면 다시 연말이다. 새봄에 벌써 한 해의 끝을 떠올리다니, 이걸 모레 효과라불러야 하는 건 아닌지 모르겠다. 생각이 짧다는 건 미처 모레를 헤아리지 못한다는 말과 통한다. 그러므로 내일을 거치고나서야 모레를 짐작하는 건 이미 늦다. 당장 눈앞의 일에 매달리다 보면, 그만큼 전망도 무뎌지기 마련이다.

글을 쓰는 일도 이와 같아서, 글쓰기를 어떤 수단이나 목적으로 생각하면 쓰기의 열정도 덩달아 시들해진다. 독자의 취향에 기대기보다, 작가 스스로의 끌림에서 나온 글이 감동을주는 것도 그 때문이다. 아니 글쓰기야말로 모레를 예측하고

기다리게 만드는 힘이다.

　글이란 쓰는 순간 무수한 돌발성과 비예측성을 경험하는 행위일 뿐 아니라, 자신도 모르는 사이, 마음의 눈길이 벌써 모레에 당도해버리는 체험이다.

　열병을 앓고 난 뒤, 시력이 많이 약해졌다. 그 대신 나는 아무래도 마음의 눈알 하나를 더 얻은 모양이다. 요샌 보이지 않던 것들이 너무 잘 보여 걱정이다. 무심코 지나치던 것들이 승모근을 짓누르거나 횡경막 쪽에 툭툭, 걸리곤 한다. 모레란 언어도 그중 하나다. 모레의 실핏줄까지 훤히 보인다.

창조의 순간들

임마누엘 칸트는 죽을 때 '이제 되었다!'고 말했다. 그는 19세기가 시작된 몇 년 뒤 죽었다. 근대철학의 인식론을 정립한 위대한 18세기 철학자의 그 말에선 예수가 임종 직전 남긴 '이제 다 이루었다!'고 한 말이 연상된다. 칸트는 '별이 총총한 밤하늘'을 무엇보다 사랑했으며, 그 정서가 철학의 밑바탕이라고 고백했다. 이것은 동시대 대문호 괴테가 '열광'을 창조의 근원으로 보았던 것과도 다르지 않다.

19세기의 대시인 보들레르는 '고요한 하나의 움직임 속에서 일어나는 희귀한 감각'을 시가 태어나는 순간이라고 했는데, 그는 스물여덟에 '죽음의 지혜'를 터득한 도스토예프스키와 동갑이다. 그것은 보들레르의 영향권에 있는 폴 발레리가

'갑자기 하나의 리듬에 사로잡혀'『해변의 묘지』를 착상한 걸 떠오르게 한다. 그는 '영감이 천부의 한 행'이란 유명한 말을 남겼다. 마찬가지로 발레리와 동갑이었던 마르셀 프루스트는 1909년 1월 '뭐라 형용키 어려운 광휘와 행복감'에 쌓여 대작 『잃어버린 시간을 찾아서』를 쓰기 시작했다. 그 격렬한 기쁨은 바로 어릴 때 맛보았던 '마들렌의 맛'에서 연상된 행복감이었다.

우연한 순간, 낯선 손님처럼 찾아오는 감각의 신비한 방문이 바로 영감이란 걸 우리는 본다. 이런 돌연한 반응을 베르크송은 생의 근원적 힘인 엘랑 비탈이라고 불렀으며, 버나드 쇼는 生命力The life force이라고 진단하였다. 과학자 아인슈타인을 움직인 엘랑 비탈은 신비감이었다. 그는 '신비감과 아름다움'에 대한 탐구가 없다면 과학은 무의미하다고 썼다. 2018년 3월 16일, 아인슈타인의 생일날 타계한 스티븐 호킹은 '밤하늘의 별을 보고, 호기심을 지녀라'고 유언을 남겼다. 신비에 대한 탐미적 호기심이야말로 위대한 발견의 토대란 걸 강조한 셈이다.

이런 상태를 일찍이 니체는 '시적 인간'이라고 불렀다. 어쩌면 니체는 선배 보들레르가 '항상 시인일 것, 산문까지도!'라고 한 그 속뜻을 그렇게 집약한 인상을 풍긴다. 시적 인간이란 매사에 감동하며 자연과 한 몸으로 상응하는 상태를 일컫기 때문이다.

영감이 창조에만 국한되는 건 아니다. 영감은 인간이 무엇인가를 고민하던 고타마 시타르타에게 '깨달음'을 안겼다. 그래서 그는 깨달은 자를 뜻하는 부처가 되었다. 우리의 사명당도 마찬가지다. 그가 묘향산으로 서산대사를 찾았을 때, 서산대사가 어떻게 여기까지 왔는지 물었다. 사명당은 무심코 옛길을 따라 왔노라 대답한다. 그때 스승이 소리친다. '예끼! 옛길을 따르지 마!' 사명당은 스승의 그 한 마디에 깨달음을 얻는다. 사명당의 깨달음은 바로 강렬한 하나의 느낌, 영감에서 비롯된다.

인간의 운명이 결정되어 있지 않은 것처럼, 창조적 순간 또한 우연한 순간에 찾아와 불멸의 예술이나 과학적 업적을 남긴다. 그래서 미셸 푸코는 '인생이나 사랑이 그런 것처럼 작품의 결말 또한 쓰는 동안에 생성되는 것'으로 보았다. 작가는 단지 짜여진 각본에 따라 글을 쓰는 게 아니다. 작가는 쓰는 동안 부지불식간 인물의 운명이 뒤바뀌는 걸 무수히 목도하게 된다. 삶이 그런 것처럼 말이다.

견딜 수 없는 영혼의 가려움, 의식을 촉촉이 적시는 알 수 없는 떨림, 그때가 바로 창조적 발상이 찾아오는 순간이다. 그건 마치 무당의 빙의나 접신 상태와도 흡사한 순간이다. 예술이나 문학은 물론 과학적 발견 역시 상상력의 산물이다. 상상력은 설명할 수 없는 일종의 감응에서 나온다. 그것은 시를 읽는 행위가 이해의 차원이 아니라, 감응의 차원인 것과 같다. 물론 영감의 순간이 저절로 오는 것은 아니다. 창조적 순간은 독서와 명상, 곧 끊임없는 정신 체조가 인간에게 베푸는 은총일 뿐이다.

21세기는 인간만이 할 수 있는 창의성이 그 어느 때보다 요구되는 4차산업 시대다. 인간이 인공지능과 디지털 세계에 대응하며 인간적 자존감을 유지할 수 있는 요건 또한 창의적 상상력과 새로운 발상에 달려있다. 창조적 영감은 기계적 사고와 확연히 구분되는 신비로운 힘이다. 철학자 G. 들뢰즈는 재현을 넘어 차이를 지향하므로 예술은 생성이라고 선언했다. 인간만의 이 '절대적 차이'야말로 창조의 핵심이며, 4차산업 시대를 주도할 인간역량인 셈이다.

장소의 정신

지금, 이곳에 깃든 정신적 의미를 되새기다가 떠올랐다. 역사란 것도 의미 있는 시간과 공간에 대한 특별한 기억이 아닐까. 그래서 역사의식은 시간에 대한 환기이며, 장소에 대한 순례의 다른 이름인지 모른다. 우리가 장소를 주목하는 순간, 그곳엔 지각 공간Perceptual Space까지도 끼어들기 마련이다. 그러므로 가치 있는 삶을 영위한다는 건 바로 의미 있는 장소에 산다는 말과 다르지 않다.

역사란 인류가 저마다의 장소를 사랑한 자취이며, 그곳을 특별한 곳으로 만들기 위한 투쟁이었는지 모른다. 이런 노력에도 불구하고 어떤 곳은 의미 있는 자리로 기억되는가 하면, 어느 곳은 그냥 잊힌 장소가 되고 만다.

신기하게도 일정한 공간만의 독특한 형질, 곧 장소의 정신이란 게 존재한다. 동양에서 풍수風水를 따질 때 혈법穴法이라 하여, 장소에 깃든 음양의 조화나 자연 조건과의 어울림을 살핀 것도 이 때문이다. 하지만 명당明堂, 길지吉地, 승지勝地로 일컬어진 조건들 또한 실은 한 장소를 중심으로 형성된 관념적 해석에 가깝다.

풍산이나 진도에서 좋은 개가 나오며, 풍기나 개성 인삼이 유명했던 것처럼 어느 지방에선 충신, 열사가 유독 두드러지고, 또 어느 곳에선 예술가를 많이 배출한 걸 알 수 있다. 그런데 이런 믿음이 지나쳐 미인의 산지로 삼계三溪를 논하거나, 특정 지역을 부정적인 장소로 폄하한 것 등은, 장소의 정신을 오용한 경우다.

어찌 명당이 따로 있을까? 주역周易엔 풍수무전미風水無全美란 말이 있다. 완전무결한 땅은 없다는 뜻이다. 깎아지른 높은 벼랑은 아름다울망정 사람이 살기엔 적합하지 않다. 그건 주거지로는 흉지凶地지만, 수도원이나 사찰로는 길지吉地중의 길지다. 장자#子에 이르듯, 지렁이는 습한 곳에 살아야 하지만, 사람은 습한 곳을 피해야 하는 이치와 같다. 그러니까 좋은 풍수란 상대적 관점이지 절대적 기준이 될 수 없는 것이다.

새삼 장소의 정신을 거론하는 건 대학이란 특정 공간에 대해 성찰해보기 위해서다. 오늘날 대학은 그 고유의 정체성이 크게 흔들리고 있다. 혁신이란 미명 아래, 학문의 상업화가 만연하면서 대학이 취업 학원으로 변질되고 있다. 대학이란 공간이 현실적 가치나 이윤창출이란 절대적 기준에 잠식되면서, 본연의 아카데미즘이 위협받는 형편이다.

대학이란 장소는 정신적 가치를 고양하고, 균형 잡힌 인격을 함양하는 곳이다. 기원전 6세기 피타고라스의 사모스 동굴 학교 쎄미써클Semicircle로부터 플라톤의 아카데미아 Academia, 아리스토텔레스의 뤼케이온Lykeion에 이르기까지, 그리고 우리의 국자감이나 성균관, 소수서원이나 도산서원의 정신이 한결같이 그렇다. 21세기가 되었다 하여 대학의 본분이 통째로 바뀌는 건 아니다. 문제는 혁신의 개념을 오해하거나 오용하는 데서 생긴다.

　시대를 핑계 삼아, 대학이 그 신성한 장소의 정신을 이탈하는 건, 마치 지렁이가 습지에 있으니 사람도 따르라거나, 절벽을 평지로 만들어 사찰을 지으라는 지침과 다르지 않다. 그렇다. 우리는 지금 '지침'의 공화국에 살고 있다. 대학이 경제적 이윤의 잣대로 좌우되거나, 취업률로 평가되는 획일적 순응주의를 경계해야 한다. 상대적 가치를 망각하는 동안, 우리 교육은 지금 절대주의 함정에 빠지고 말았다.

　이런 요인은 교육부의 일관성 없는 정책, 철학성의 부재 탓이다. 그리고 대학 운영자의 확고한 신념이 부족한 데서 기인한다. 요란한 평가 기준을 내세워 대학의 자율성을 훼손하거나, 교육을 수익사업으로 오해하는 리더들이 존재하는 한 이런 폐단은 사라지지 않을 것이다. 교육은 백 년을 내다보는 투자이며, 기여란 걸 이들이 자각했으면 좋겠다.

　건축가 지오 폰티[Gio Ponti]는 건축물에서 대문은 초대장이며, 지붕은 날개라고 시적으로 비유했다. 확실히 대문의 형태에 따라 방문의 욕구가 일거나 반감되는 걸 경험하게 된다. 육중한 철대문보다 나지막한 목조대문이 방문자의 마음을 끄는 건 인지상정이다. 세계적인 대학들은 캠퍼스 조성부터 남다른 열정을 보인다. 심지어 수백 년에 걸쳐 캠퍼스를 짓기도 한다. 이건 단지 학습 분위기를 위한 게 아니라, 보다 큰 심리적 연유를 고려한 전략이다. 성스러운 캠퍼스의 위용은 장소에 대한 의미를 각인시킬 뿐 아니라, 무한한 신뢰감을 부추기기 때문이다.

칼릴 지브란Kahlil Gibran은 부부를 사원의 기둥에 비유한 적이 있다. 기둥들은 일정한 간격으로 떨어져 있으나 끊임없이 교섭함으로써 집의 형태를 지탱하기 때문이다. 비유컨대, 행정당국이나 대학재단은 주춧돌이요, 학생은 기둥, 교수는 지붕이다.

우선 주춧돌은 흔들림이 없어야 한다. 그리고 우리의 기둥들은 21세기의 동량棟樑으로 성장할 때까지 부단한 노력을 해야만 한다. 그 기둥들이 비에 젖지 않도록, 눈보라에 견디도록 지붕은 날개를 펼쳐, 지붕 저 너머, 새로운 세상 소식이나 밤 하늘 별빛의 풍문도 속삭여주자. 그들이 무량수전 배흘림기둥 처럼 독보적 아름다움을 지닐 때까지, 천 년의 역사를 새로 써 나갈 때까지.

고택 순례

서울 종로구 누하동의 배화여고 과학관은 1916년 캠벨 선교사가 건립한 붉은 벽돌집이다. 고풍한 아름다움을 보러 나도 일부러 그 건물을 찾아갔던 적이 있다. 그날 그만큼 오래된 건물, 경기상고 본관도 방문했었다. 그런데 2015년 8월, 배화학원 이사회가 노후한 이 건물을 철거하기로 결정했다는 보도가 있었다. 또 한 번 가슴이 아리는 섭섭함을 느낀다.

유럽의 도시들은 물론, 역사가 그리 깊지 않은 미국조차도 옛것을 아끼는 그들의 호고好古 취향을 보며 부러움을 느끼곤한다. 역사가 깊은 유럽의 그리스 로마 유적이나 중세풍 건물들, 반들거리는 돌길의 인상은 감탄을 자아내게 한다.

미국에서 내가 느낀 건 역사가 짧은 나라의 역사 만들기에 대한 집착이다. 미국의 도시들을 보면, 유럽에 크게 뒤지지 않을 만큼 고색창연하다. 학교 캠퍼스만 해도 담쟁이넝쿨에 뒤덮인 최초의 건물을 신전처럼 보존함으로써, 오래된 것에 명예를 부여하려는 유별난 집착을 읽을 수 있다. 낡고 중후한 건물들이나 오래된 교각의 아름다움도 마찬가지다.

그건 일본에서 특히 두드러진 경향으로, 일본인들의 호고취향은 동양문화의 주변국에서 일약 동양문화의 중심으로 신분을 세탁한 결과를 낳았다. 이것은 한중일 삼국 중 모든 역사가 뒤쳐졌던 그들이, 오직 옛것을 굳세게 지켜냄으로써 얻어낸 놀라운 착시효과다.

이런 걸 보면, 옛것을 지킨다는 건 역사를 증거하는 최고의 선전이며 선진국이란 자긍심의 근거다. 치욕의 역사를 보듬어 자신들의 재산으로 지켜낸 경우도 마찬가지다. 스페인 지배기의 유적을 지켜낸 중남미 국가들이나 프랑스 식민치하의 건축물을 보존하여, 동양의 파리란 칭호를 듣는 베트남 호치민시의 경우가 그렇다.

고풍한 호치민시는 아열대 기후 특유의 아름드리 가로수들
과 더불어 도시의 연륜을 자랑하는데, 순전히 아픈 역사를 지
켜낸 결과다. 이건 역사가 짧은 호주 대륙 역시 예외가 아니
다. 이걸 보면, 낡았다는 건 초라한 게 아니라, 기나긴 삶의 자
취를 신뢰하게 만드는 최고의 광고란 생각이 든다.

미개한 나라들의 공통점은 바로 여기서 확연히 구별된다.
그런 나라들일수록 과거가 잘 보이지 않거나, 과거만 남아있
는 극단적 특징을 보인다. 이런 나라들은 옛것을 지우는 데 혈
안이다. 아마 우리 경우도 여기서 크게 벗어나지 못할 듯싶다.
도무지 반만년이란 유구함이 느껴지지 않는다. 그나마 복원된
유적들마저 역사성을 느끼기엔 아직 너무 생경하다.

전쟁을 탓하지만, 우리만큼 전쟁을 겪지 않은 나라가 얼마
나 될까. 잿더미에서 과거 유적을 그대로 복원해낸 전후 독일
의 경우를 보라. 이런 삭막한 현실에서 눈에 번쩍 띄는 보물이

왕궁과 고택이다. 왕궁은 그렇다 치고, 인상 깊은 고택들이 제법 남아있는 건 그나마 다행이다.

　안동 하회마을, 도산서원과 퇴계 고택, 안강의 양동마을, 봉화 오록마을, 영덕 괴시마을과 성주 한개마을, 청송 송소고택, 영천 난포 고택과 매산 고택, 산청 남사마을, 함양 정여택 고택, 고성 왕곡마을, 강릉 선교장과 오죽헌, 서산 정순왕후 생가, 논산 윤증 고택, 아산 맹씨행단, 예산 추사 고택과 수당 고택, 장흥 방촌마을, 해남 녹우당과 영광 봉소당, 보성 강골마을 열화정과 이용욱 고택, 벌교 현 부자집, 낙안읍성, 구례 운조루, 광명 관감당과 의정부 박세당 고택, 양평 이항로 생가, 서울 북촌마을......

　내가 전국의 고택 마을을 순례하는 건 역사 유적에 대한 아쉬움을 그렇게나마 달래고 싶은 욕구인지 모른다. 어느 곳에 가든지 그 마을의 고택부터 찾는 건 내 오랜 습관이다. 우리의 고택들은 특히 집성촌에 많이 남아있다. 연대가 오륙백 년을 헤아리니, 서양으로 보면 중세시대의 유적들인 셈이다.

고택 마을들은 한결같이 향교나 향단^{香壇}을 가지고 있으며, 오래된 정자들은 물론 거기 어울리는 아름드리 고목 숲을 끼고 있다. 건물의 외양뿐 아니라, 마을을 에도는 돌 담장의 고태미는 과거로의 시간여행으로 우리를 이끈다.

고택 마을이 돋보이는 건 단지 연대가 높은 집들 때문만은 아니다. 마을을 감싸고 서 있는 뒷산과 마을 앞을 흐르는 시냇물의 조화, 그리고 자연의 형태를 그대로 따른 마을의 품새에서 높은 격조를 읽을 수 있기 때문이다.

대문의 문턱은 곱게 닳았으며 두리기둥들은 손때가 묻어 반들거린다. 거기 손을 얹으면 그 집을 거쳐간 옛사람들의 손길이 느껴지기도 한다. 대청마루는 오랜 세월 사람들의 발길로 홈이 파였으며, 세월의 주름이 잔뜩 끼어있다. 팔작지붕이나 맞배지붕의 우아한 자태, 눈썹지붕의 애교스런 곡선미뿐인가. 건축물에 참여한 갖가지 목재들끼리의 기막힌 조화, 그 조형적 아름다움에 넋을 잃을 지경이다.

그때마다 궁금해진다. 대체 이 집을 지은 사람들은 누구였을까. 그 빼어난 장인들은 다 어디로 간 걸까. 왜 지금은 이런 집을 지을 수 없을까.

간절한 바람이 있다. 유서 깊은 고택들, 담장들, 서원과 정자들, 무지개다리들이 백 년 천 년 보존되길! 문화재를 복원할 때, 새것이란 티가 나지 않도록 기술과 방법을 더 보완하길. 이건 중국의 여러 곳을 방문하며 내가 느낀 점이기도 하다. 그들은 우리처럼 복원의 티가 두드러지지 않을 뿐 아니라, 세심히 살펴야 알아볼 수준에 이르렀다.

유적은 정성스런 보존과 더불어 세심한 복원이 병행될 때, 가치가 극대화될 수 있다. 결국 과거의 유산을 많이 간직한다는 건 역사의 두께를 부풀리는 일이며, 그것은 반만 년 역사를 증거하는 첫걸음이기 때문이다. 아니다. 유적이야말로 최고의 관광상품이란 걸 명심할 필요가 있다.

배화여고 과학관이 꼭 보존되길 기원한다. 그건 실용적 가치를 뛰어넘어 학교의 역사를 홍보하는 더 큰 가치를 지니기 때문이다. 아니 그 값을 따지는 것 자체가 참으로 어리석은 일인지 모른다. 전통이란 유적은 지키고, 정신은 시대에 맞게 혁신하는 일이다. 유적은 허물고, 정신적 변화에 무딘 것이야말로 가장 어리석은 선택이다.

안동에서

청량산淸凉山 870.4m에 오른다. 경북 봉화와 안동을 접한 산이다. 흔히 청량산 육육봉을 일컫는 건 이 산이 열두 봉을 거느리기 때문이다. 어린 시절 퇴계 이황退溪 李滉 1501-1570은 바로 손위 형 온계 이해溫溪 李瀣 1496-1550와 함께 이 산에서 학문을 익혔다. 겉은 온화하나 안으로 깎아지른 암봉을 숨기고 있는 이산에서 퇴계는 외유내강의 지혜를 터득하였다.

퇴계와 청량산의 특별한 인연을 기려 후학들이 청량정사를 건립했으니, 신라명필 김생이 글을 쓰던 김생굴 서남쪽이다. 김생굴은 작은 폭포 곁에 그 자리가 지금도 잘 보존되고 있다. 청량산에서 흘러내린 계곡물은 태백의 황지연못에서 발원한 물줄기와 합류하여 분강汾江과 만나고, 두물머리에서 낙동강으로 이어진다.

산을 내려와, 안동 도산면 가송리에 있는 농암 이현보聾巖 李賢輔 1467-1555선생의 태실胎室 긍구당肯構堂을 먼저 찾는다. 바로 곁엔 극진한 효심의 자취 애일당愛日堂이 있다. 영천이씨 농암의 태실은 도산면 분천리 분강가에 있던 걸 안동댐 수몰로 이곳에 옮겨지었다. 지금도 분강가엔 농암의 유래가 된 '귀먹바위'가 있다.

우리 문학사에서 「어부가」, 「농암가」의 시인이요 강호가도江湖歌道의 선구자로 알려졌지만, 농암이야말로 진성이씨 퇴계의 정신적 롤모델이자 멘토였다. 농암은 조선정치사에서 본인의 사임 의사가 수용된 최초의 관료다. 몇 번이고 거듭된 강력한 사임 의지와 76세 고령이었다는 걸 감안하더라도 의외의 경우다. 문자옥文字獄이 활개치던 시대였으니, 유배를 당하거나 당쟁의 희생양으로 사라지는 게 고작이던 때다.

퇴임식 당일, 중종이 직접 하사품을 내리고 문무백관이 선생의 퇴임을 기렸으니, 그분의 인품을 짐작할 만하다. 그날 회재 이언적晦齋 李彦迪 1491-1548은 장문의 전별시를 바쳤고, 안동 북후면 도촌리 출신 충재 권벌沖齋 權橃 1478-1548은 한강나루까지 선생을 배웅했으며, 안동 도산면 온혜리 출신 퇴계 이황은 선생을 배웅하며 시로써 기렸으니, 모두 동향의 후학들이다.

낙향한 농암은 89세까지 장수를 누린다. 그를 자주 찾은 회재 이언적, 퇴계 이황과 분강을 따라 거닐며 학문과 인생을 논했으니, 지금 '성현의 길' 혹은 '예던 길'로 일컫는 바로 그 길이다. 농암이 별세하자 퇴계가 선생의 행장行狀을 썼으니, 『퇴계집』에서 한 부분을 옮겨보면,

황滉은 시골에서 성장하였는데, 공이 보잘것없다 하지 않고 매양 가르치고 좋게 대하였으므로 부축해 모시고 좇아 놀기를 여러 번 하였다… 황이 외람되이 모시기를 가장 오래 하였다 하여 행장을 부탁하니… 장사는 시기를 넘기지 말고, 상사喪事는 간략하고 검소하게 하려고 힘써라.

나도 예던 길을 따라 걷고 있자니, 시공을 초월하여 그분들

의 그 아름다운 무리에 합류한 기분이다. 이 길을 걸으며 왜 안동인가? 새삼 그런 화두를 던져본다. 육사문학관장 조영일 시인의 말이 잊히지 않는다.

"이 마을 진성이씨 후손 중에 30여 명의 문과급제자가 배출되었고 20여 명의 독립투사가 나왔으니, 그 후손 이육사가 항일을 하지 않았다면, 그건 제 정신이 아닌 거죠."

그래. 그게 안동이다. 퇴계退溪란 아호에서 보듯, 선생은 나가기보다 물러나길 열망한 삶을 살았다. 43세 「무오사직소」에 "부제학으로 부르시는 명이 있으시니, 신은 황공하여 죽을죄를 무릅쓰고…" 또는 "몸의 병이 갑자기 심해져서 장차 구하기 어렵게 되어 예조판서의 제수에 직무를 다할 수 없기에… " 등 등 곡진한 사직의 변으로 조정의 부름에 나가지 않았다.

짐작컨대, 선생의 결사적인 사퇴 배경 또한 안동과 밀접한 연관이 있다. 퇴계 나이 두 살, 온계 나이 일곱 살에 부친을 여의고, 숙부에게 교육을 받았는데 두 형제가 유독 총명하여 금

곤옥제^{昆玉弟}로 불렸다. 형 온계는 강직한 청백리였는데 대사헌으로 있던 1545년 을사사화의 참화를 입고 유배지를 전전하다 병사한다.

퇴계의 학풍은 고려 말 목은 이색, 포은 정도전, 야은 길재로 이어진 성리학의 계보를 따라 김종직, 김굉필, 조광조, 이언적으로 이어진 사림파의 전통을 잇는다. 그런데 스승 뻘인 정암 조광조^{趙光組 1482-1519}선생이 기묘사화의 희생양이 되고, 이설^{理說}을 정립하여 퇴계에게 영향을 끼친 이언적과 충재 권벌이 1547년 양재역 벽서사건으로 죽는 걸 목도하게 된다.

사십 중반 낙향한 퇴계는 조정의 거듭된 부름에도 나가지 않고 후진 양성에 매진했으니, 아들뻘인 율곡 이이^{李珥 1536-1584}가 선생을 예방하였으며, 26년 연하인 고봉 기대승^{奇大升 1527-1572}과 주고받은 서찰은 유명하다. 퇴계는 말년에 퇴도만은^{退陶晩隱}이란 호를 즐겨 쓰고, 묘비에도 직접 그렇게 쓴 걸 보면 '도산으로 물러나 너무 만년에야 숨었다'는 아쉬움마저 느꼈던 것 같다.

퇴계는 사후 공자에 비겨 이부자^{李夫子}로 존숭되고 있다. 낙향한 농암이 〈어부가〉를 지었을 때, 그 발문에서 '바라보면 그 아름다움이 신선과 같았으니 아, 선생은 이미 강호의 진락^{眞樂}을 얻었다'고 존경과 부러움을 표했던 퇴계다.

안동 선비들의 시대를 앞서나간 전통 중엔 검소한 장례풍습이 있다. 퇴계의 형 온계, 농암 이현보, 충재 권벌 등이 한결같이 그걸 유명^{遺命}으로 남겼다. 퇴계는 한발 더 나가 간소한 장례절차를 구체적으로 제시하였으니, 〈고종기〉^{考終記}에 그 뜻이 잘 드러나 있다.

안동이 선비의 고향이 된 건 앞서거니 뒤서거니 올바른 삶과 학문에 전심한 이들의 아름다운 전통 때문이다. 퇴계가 성리학의 조종^{祖宗}으로 우뚝 설 수 있었던 것 역시 그런 장소의 정신과 무관하지 않다. 더구나 청량산이란 빼어난 산세와 낙동강 상류의 분강, 그리고 토계^{兎溪}의 물줄기야말로 도법자연의 이치를 터득하도록 이끌어준 진짜 스승이었는지 모른다.

書簡
・三

열등감이 키운 영웅

누구에게나 힘든 시기가 있다. 그러나 그런 역경 없이 알찬 결실은 얻어지지 않는다. 오히려 불리한 여건을 극복할 때, 성취는 더욱 빛난다. 베네치아 국제영화제에서 황금사자상을 수상한 영화계의 아웃사이더, 김기덕 감독은 좋은 본보기다. 오죽하면 스스로를 일컬어 '열등감이 키운 괴물'이라 자평했을까? 불가능해 보이는 상황에서 뒤늦게 출발했지만 그걸 성공으로 역전시킨 사람들은 수없이 많다.

조선 시대 대학자들의 문과 급제 연령을 조사해 본 적이 있다. 시대순으로 대과 급제 나이는 서거정^{徐居正}(25세), 김종직^{金宗直}(29세), 이언적^{李彦迪}(24세), 송순^{宋純}(27세), 이황^{李滉}(34세), 정철^{鄭澈}(27세), 이이^{李珥}(13세 진사시부터 29세 문과 급제까지

9번 장원), 이항복^{李恒福}(25세), 이덕형^{李德馨}(20세), 등이다.

여기서 눈에 띄는 한 사람을 발견하게 된다. 34세! 문과 급제 나이가 유독 많기 때문이다. 퇴계 이황^{退溪李滉}이다. 우리나라 화폐 천원 권에 등장하는 바로 그분이다. 살아서 이미 최고 학자로 존경받으며, 여러 임금에 걸쳐 끊임없이 부름을 받았으나 거듭거듭 곡진한 사직소를 올려 학문완성과 후진 양성을 열망했던 퇴계다. 40대 중반까지의 관료 생활을 끝으로 66세 때, 학자의 꽃인 홍문관 대제학이 되었으나 출사하지 않았고, 이조판서 부름까지 받았으나 끝내 나가지 않은 그다.

사후 공자에 비겨, 이부자^{李夫子}로 존숭되며 동방오현^{東方五賢}으로 문묘^{文廟}에 배향되었을 뿐 아니라, 국제적으로는 퇴계학^{退溪學}의 열풍을 불러일으킨 대학자가 퇴계 선생이다. 퇴계보다 앞서 홍문관 대제학에 제수되자, 그 적임자는 자신이 아니라 퇴계라고 강력 상소하여 사암능양^{思菴能讓}이란 아름다운 고사를 남긴, 사암 박순^{朴淳 1523-1589}은 '우리 동방을 밝힌 사람은 오직 선생 한 사람'이라 평하였다.

그런데 앞서 간략히 살폈듯, 문과 급제 나이를 주목하게 된다. 당대의 문사들 대과 급제 연령은 한결같이 이십대다. 퇴계를 중심으로 그 앞뒤가 모든 마찬가지다. 그도 그럴 것이 당시의 평균 수명을 헤아려보면, 서른이 넘으면 과거를 접을 나이다. 심지어 후학 율곡 이이는 13세부터 29세까지 아홉번이나 장원을 하여 구도장원공九度壯元公으로 명성이 자자하였고, 삼십대 문형에 올랐으며 마흔둘에 영의정이 된 한음 이덕형의 대과급제 연령은 스무 살이다.

퇴계는 두 살에 부친을 여의고 다섯 살 손위 형 온계溫溪와 함께 숙부에게 글을 배웠다. 24세, 진사시에 세 번 거푸 낙방하고, 28세 생원시에 2등 합격했으니, 남들 같으면 대과에 급제했을 나이다. 그때 성균관에 입교하여 십 년 후배, 하서 김인후河西 金麟厚 등과 함께 사가독서를 하였으니, 오늘날로 보면 복학생 정도가 아니라, 늦깎이 아저씨 대학생이다.

이토록 늦게 출발한 퇴계가 어떻게 조선시대 최고의 대학자가 되었을까? 우리가 주목할 점이 바로 이것이다. 대개 대과

에 급제하면 벼슬길로 나갔지만, 퇴계는 그보다 학문을 사랑
했다. 학문에 관한한, 연령과 학파는 물론 장르를 초월하여 진
지하게 교류하고 섭렵했으니, 21세기의 새로운 패러다임, 융
합^{convergence}을 앞질러 실천한 셈이다.

35세 연하, 율곡 이이와의 사단칠정론에 관한 논쟁, 26세
아래 고봉 기대승과의 7년에 걸친 서신 교환을 통해, 진리는
옹호하고 오류는 겸허히 수용한 그다. 학문에 대한 진정성과
학자에 대한 존중은 그가 편지에 쓴 '변회^{辯誨}'란 말에서도 엿볼
수 있다. '변회'란 후배의 주장과 질문이 오히려 퇴계 자신을
가르쳤다는 뜻이니 말이다. 도산서원에 칩거하여 후진을 양성
하는 동안, 34세 연배인 농암 이현보, 10년 연상 회재 이언적
과 어울렸으니, 그들이 학문을 논하며 거닐던 그 길은 지금도
'예던 길' 혹은 '성현의 길'이라 하여 그대로 보존되고 있다.

이걸 보면, 어느 분야의 최고가 된다는 건 좋은 조건이나 빠
른 출발에 있는 게 아니라, 중단 없이 자신을 연마하며, 끝까
지 자기 일을 즐기는 데 있다는 걸 알 수 있다.

자신이 나아갈 진로를 확정하고, 그 일을 평생 즐기고 사랑할 각오를 새롭게 하는 것, 그것이 여러분을 최고의 자리에 이르게 하는 첩경임을 명심하라. 역경을 딛고 성공한 이들, 특히 가장 늦게 출발하여 가장 높은 경지에 이른 퇴계 선생이 그 본보기다.

중세에게 길을 묻다

중세를 대변하는 시대 명칭이 암흑기다. 5세기부터 15세기까지 천년의 기간은 정말 암흑이었을까. 물론 인류 문명사에 불을 밝힌 앞 시대, 그리스 문명이나 전성기의 로마 문명, 그리고 중세를 뒤이은 르네상스기가 상대적으로 두드러지는 건 부인할 수 없다. 동로마제국의 붕괴로부터 서로마제국이 멸망하기까지 이 1천 년은 소위 신권이 왕권을 압도한 시기다. 모든 게 신중심주의로 획일화되어, 교부철학은 물론 성화와 성가가 성행했다.

많은 연구가들이 지적하듯, 이 시기 신앙을 가장한 증오가 일상화되어 이단처형이나 마녀사냥이 극성을 부렸으며, 박해와 소송의 기록이 범람한다. 예술 또한 규범화되었으니, 호이징가는『중세의 가을』에서 이 시기 예술의 문제점으로 공백에 대한 두려움과 장황한 극사실주의를 지적한 바 있다. 신권의 타락은 마침내 면죄부 판매로부터 야기된 종교개혁의 불길을 당긴다. 지금으로부터 500년 전 일이다. 이래저래 종교개혁 500주년에 생각할 게 많다.

중세는 그러나 역설적이게도 근대문명의 태동기였다. 콜럼버스의 항해, 구텐베르크 활자의 보급, 과학의 부흥뿐만이 아니다. 이 시기 경제와 문학이란 개념이 정착되고 많은 대학이 세워졌으며 도서관이 건립되었다. 무엇보다 소문자가 일상화되고, '묶은 책'이 나오면서 출판문화가 활성화되었을 뿐 아니라, 내면적인 묵독의 시대가 열렸다는 건 주목할 만하다. 문학만 하더라도 이시기 『신곡』이나 『데카메론』은 물론, 많은 서사시, 무훈시가 성행하여 근대문학의 출현을 앞당겼다. 이런 획기적 전환들이 바로 중세의 업적이다.

이런 점에서 자크 르 코프는 『중세를 찾아서』에서 중세를 근대와 단절된 암흑기가 아니라, 근대와의 연결점으로 파악하고 있다. 그가 책의 행간에서 생략한 연결점이란 문맥을 나는 이렇게 이해한다. 즉 중세에 근대적 지성들이 존재했듯, 현재에도 여전히 중세인이 존재한다는 역설 말이다. 이 역설은 호이징가가 '중세가 한창일 때, 르네상스가 들려온다'고 한 말 속에 기막히게 숨어있다. 요컨대 중세나 르네상스는 일정한 시기로 단정할 수 없다. 봉건시대에 이미 근대인들이 출현했기 때문이다. 이 문제의식을 한반도로 가져오면, 고려, 조선조에 벌써 근대적 사유를 한 지성들이 존재했듯, 21세기에도 중세적 사고와 그런 삶의 방식을 고수하는 이들이 의외로 많다는 사실과도 결부된다.

중세가 한창이던 12-13세기, 고려조의 이규보 선생은 『동국이상국집』과 『백운소설』에서 미신타파를 역설하고, 장례와 제사의 문제점을 지적했으니, 과연 시대를 뛰어넘는 근대적 안목이 아닐 수 없다. 이처럼 바른 안목은 무책임한 선동이나 위험한 예언과도 다르다. 정의를 가장한 증오나 선악에 대한 이분법적 사고에서 근거 없는 선동과 무질서한 예언이 난무한다. 이는 필연적으로 편 가르기와 저급한 패거리 문화를 낳게 된다. 중세를 암흑기로 기억하는 빌미가 바로 이런 요소다.

그런데 지금, 한반도의 상황을 보면 중세적 사고가 수그러들 기미조차 보이지 않으니 걱정이다. 정의를 가장한 증오는 물론, 사주, 궁합, 명당 등 온갖 미신에 매달린다. 현대란 미명 아래 몸을 숨긴, 저 잔재들을 씻어낼 길은 없는 걸까. 교육백년대계란 말이 무색하게, 이리저리 갈피를 잃고 흔들리는 교육정책이나 행정 편의적 행로들도 마찬가지다.

우리 세대가 실패한 그 청산의 짐을 나는 젊은 세대들이 성취해주길 기대하고 싶다. 그 해결책은 평면적인 절대주의 세계관에서 벗어나, 상대적이고 구면적인 세계관을 확립함으로써만 가능하다. 예컨대, 문화적 세계시민의식으로의 무장이 그 하나다. 그것은 과격한 징고이즘이나 유치한 자기중심주의에서 벗어날 때만 가능한 세계상이다. 그러기 위해 젊은 세대가 갖춰야 할 안목의 중요성은 강조해도 지나치지 않다. 앞으로의 시대상은 지금과 확연히 다른 4차 산업시대로의 진입을 목전에 두고 있다. 기술 문명의 급속한 전환기, 인간이 인간으로서의 존엄성을 지키는 길은 오직 성숙한 안목에 달려있음을 기억하자. 그것은 인간만이 가능한 창의적 안목, 편협한 풍문에 흔들리지 않는 근대적 자각을 일컫는다. 젊은 세대야말로 진정한 세계인의 안목을 갖춤으로써 근대인의 자질을 함양하는 일이 무엇보다 시급하다. 여러분 세대가 그걸 성취할 때, 저 지긋지긋 달라붙던 중세적 잔재도 청산될 테니 말이다.

좌절에서 배운다

19세기 러시아는 위대한 문학의 시대다. 그것은 17-8세기 표토르 대제의 선진국 따라잡기 프로젝트가 후대의 문화예술에까지 미친 긍정적 효과였다. 실제로 표토르의 유신 이후 러시아는 선진국의 반열로 급부상했으며, 특히 문화예술의 급격한 발전을 이룬다. 푸시킨[1799-1837]과 고골리[1809-1852], 투르게네프[1818-1883], 도스토예프스키[1821-1881]와 톨스토이[1828-1910]가 그 주역들이다. 조금 후대의 체홉[1860-1904]이나 고리키[1868-1936], 그리고 음악가 차이코프스키[1851-1926]나 라흐마니노프[1873-1943], 화가 칸딘스키[1866-1944]와 샤갈[1887-1985], 그리고 오케스트라와 발레의 발전까지 감안하면, 이 무렵이 러시아 예술의 전성기였다. 이런 점에서 훗날 쇼스타코비치가 '러시아에서 예술이 꽃핀 건 혁명의 시기였다'고 말한 건 퍽 일리 있는 역설이다.

나는 이 울창한 문학의 숲에서 도스토예프스키 한 사람만으로도 할 말이 넘친다는 걸 알고 있다. 우선 그는 동시대 누구보다 근대적이었으며, 죽음과 부활을 체험한 작가다. 1849년 2월 22일, 사형을 언도받고 세묘노프스키 연병장 단두대 아래 서 있다가, 가까스로 목숨을 건져 유배를 떠났기 때문이다. 뒷날 그는 그때 '죽음의 지혜'를 깨달았다고 썼다. 주옥같은 그의 소설들 속엔 죽음에 대한 절박한 감정이 스며있다. 예컨대, 『백치』의 끝부분, -그는 자신이 끔찍할 정도로 강렬함을 느끼며, 지붕과 반짝이는 빛을 보았던 걸 기억했다.-는 대목 등이 그렇다. 죽음이란 문제의식과 그 심리묘사가 그토록 탁월한 것도 거기서 기인한다. 니체가 '병자의 눈빛'을 창조의 순간으로 본 것도 도스토예프스키의 영향이란 걸 부인하기 어렵다. 아니다. 그 누구보다도 그가 동시대 대문호 톨스토이에게 끼친 사상적 잔영을 나는 확연히 느끼곤 한다.

우선 톨스토이의 『부활』(1899)이 도스토예프스키의 『죄와 벌』(1866)이나 『카라마조프가의 형제들』(1879-80)보다 이삼십 년 뒤에 쓰여진 게 그 근거다. 톨스토이의 『부활』은 네플

류도프 백작이 그가 희생시킨 여자 마슬로바(카츄샤)에게 속죄하고 유배지까지 동행함으로써, 거듭난 인격으로 부활한 사건을 다룬다. 그런데 이 테마는 도스토예프스키가 『죄와 벌』에서 이미 다룬, 라스콜리니코프의 회개와 거듭난 인격의 문제의식과 다르지 않다. 구원자 소냐의 위치에 마슬로바가 자리하는 것만 다를 뿐이다. 더구나 『카라마조프가의 사람들』은 『부활』의 태반처럼 여겨진다. 예컨대 장남 드미트리의 경우가 그렇다. 난봉꾼 드미트리는 부친 표토르의 살해범으로 구속되지만, 이반의 암묵적 교사와 스메르자코프가 진범으로 밝혀짐에도 불구하고, 자신의 과거를 속죄하고 스스로의 죄를 받아들이는 태도 말이다. 말하자면 『부활』의 네플류도프는 드미트리의 변형된 인물에 불과하다.

내가 도스토예프스키를 주목하는 이유는 또 있다. 그 독창적 사고, 놀라운 심리묘사, 그리고 새로운 문장 말이다. 그는 선악이나 삶과 죽음을 이분법적으로 바라보지 않고, 존재의 양면성으로 파악함으로써 새로운 문학의 선봉이 되었으며, 상대주의 사고 및 입체적 시선을 선도하였다. 자기 내면을 응시하는 강렬한 눈빛도 그렇다. 그의 이런 독자성은 우울한 혁명의 시기, 사유의 진폭을 죽음의 문턱까지 끌고 간 치열성에서 연유한다. 우울증은 물론 치질과 방광염, 그리고 간질로 고생했으며, 지병인 천식으로 사망할 때까지 그가 세계문학사에 남긴 족적은 실로 눈부시다. 60 평생, 한 사람의 업적이라곤 믿어지지 않을 이런 창작이 어찌 가능했을까. 이 또한 죽음의 체험과 연관된다. 그가 사형 언도에서 살아남았을 때, 남은 인생을 한순간도 헛되이 보내지 않으리라고 한 다짐 말이다. 어쩌면 그는 그때 이미 거듭난 인격으로 부활한 셈이다.

오늘의 우리가 도스토예프스키를 귀감으로 삼아야 할 이유도 여기에 있다. 힘겨운 삶의 과정 또한 그걸 어떻게 승화하고 체화하느냐에 따라, 창조의 토대가 될 수 있다는 믿음 말이다. 그것이 어찌 어느 한 분야에만 국한될까? 악착같이 달라붙는 불행의 그림자마저 얼마든지 가치로 전환할 수 있다는 역설이야말로 잊지 말아야 할 교훈이며, 우리가 본받아야 할 삶의 자세일 테니 말이다.

상상력의 코페르니쿠스적 전환

가스통 바슐라르[Gaston Bachelard 1884-1962]를 안 건 내게 큰 행운이다. 그러나 그와의 만남은 좀 엉뚱하다. 고교 시절 '가스통'이란 별명의 선생님이 있었다. 그분의 다혈질 성향 때문에 붙여진 별명이었다. 어떤 문제아도 가스통 선생 앞에선 순한 양이 되었다. 걸리면 가스통은 폭발하니까. 그 무렵, 가스통의 원조가 가스통 바슐라르란 걸 알고 그가 몹시 궁금했다. 대체 얼마나 난폭한 인물일까? 그러나 그걸 알기까진 몇 년을 더 기다려야 했다.

가스통 바슐라르는 흔히 상상력의 코페르니쿠스로 불린다. 코페르니쿠스는 모두가 절대 진리로 신봉하던 천동설을 종식시키고, 지구는 태양계를 도는 하나의 혹성에 불과하다고 선언했다. 그의 선언은 중세적 사고를 마감한 단초였으며 역사의 흐름을 바꾼 울림이었다.

바슐라르는 이성중심주의 서구철학의 흐름에 나타난 하나의 이단이었다. 선을 표상하는 이성에 반하여 위악으로 치부되던 감성을 창조의 근원으로 바꾸었기 때문이다. 그것은 오늘날 입버릇처럼 되뇌는 창의적 사고와 독창적 아이템의 중요성을 간파한 눈빛이었다. 감성의 핵심이 바로 상상력인데, 그 가치를 앞서 발견했으니 말이다. 말하자면 그는 서구사상이 배척하던 상상력과 몽상의 가능성을 맨 먼저 알아본 코페르니쿠스적 인물이다.

그런데 바슐라르의 젊은 시절은 행복하지 못했다. 아니 끊임없는 고난의 연속이었다. 가난한 구두 수선공의 아들로 태어나, 형편이 어려워 대학진학까지 포기했다. 하지만 우체국 기사로 일하면서도 학문의 뜻을 포기하지 않았다. 초등학교 교사와 결혼했지만, 결혼 3주 만에 1차 세계대전에 징집당했으며 35세가 되어서야 제대했다.

그 역시 초등학교 교사가 되었지만, 7개월 된 딸을 남긴 채 아내가 사망했다. 그는 딸을 데리고 수업에 들어가야만 했다. 그런 시련 속에서도 학문연구에 매진하여 43세에 박사학위를 받았다. 그리고 46세, 디종대학 철학과 교수가 되었다. 그의 본격적 연구는 이때부터 숨가쁘게 진행되어 물, 불, 공기, 대지의 상상력 체계를 완성한다.

그의 독창적 안목은 형태적 상상력과 물질적 상상력을 구별한 지점에서 찾아진다. 물, 불, 공기, 흙을 시각으로 파악하는 게 형태적 상상력인데, 그곳에선 어떤 창의성도 기대할 수 없다. 그러나 그걸 물질로 치환하는 순간, 가공할 창조성이 발생한다.

예컨대, 흙을 물질 이미지로 바꿀 때, 점토는 사람이나 짐승, 나무 등 여러 가지 오브제를 빚어낼 수 있으며, 점토의 매끄러움이나 끈적거림을 통해 또 다른 몽상이 가능해진다. 물 또한 물질적 상상력으로 바뀔 때, 세월이나 역사의 의미는 물론 지혜나 유연함의 상징이 될 수 있다. 불도 마찬가지다. 불이 어둠을 밝히는 기능, 곧 형태적 이미지에서 벗어날 때, 불은 촛불집회나 촛불 기도처럼 소망의 의미로 전환된다. 이처럼 형태가 아니라, 정신적 이미지가 물질적 상상력이다.

현대인들은 이미지의 홍수 속에 매몰되어 있다. TV나 IT의 광고에 의해 정신적 이미지를 박탈당한 채 광고가 전달하는 시각의 노예로 전락했기 때문이다. 그러나 21세기를 이끄는 거대담론은 콘텐츠와 융합이다. 그런데 콘텐츠의 성분 자체가 창의적 상상력이다. 그것이 바로 바슐라르가 주창한 물질적 상상력과 몽상의 힘이다.

어느 분야를 막론하고 시적 상상력이 지금처럼 요청되는 시기는 없었다. 세계는 지금 과학적 상상력과 시적 상상력을 융합하는 시도에 국가의 명운을 걸고 있는 실정이다. 그 대표적인 경우가 인지과학이나 21세기 연금술로 일컬어지는 알게니 Algeny의 출현이다. 완전한 생명의 창조 말이다. 이런 흐름, 그 놀라운 세계상의 배후에서 우리는 바슐라르를 만나게 된다.

불우한 시대, 상상할 수 없는 시련 속에서 그가 이룬 그 창조적인 업적은 우리가 귀감으로 삼아야 할 본보기가 아닐 수 없다. 어떤 고난도 뜨거운 열정을 가로막을 순 없다.

창의적 걸인들

중국의 걸인들은 적선을 베풀면, 희미하게 미소를 머금고 지나간다. 다음 목표를 향해 갈 길이 바쁘다는 인상이다. 차림이 형언할 수 없이 남루하다. 중국인들이 대체로 그런 것처럼, 감사에 대한 표시도 엉성하다.

미국에 갔을 때 보았던, 그곳 걸인들의 모습이 떠오른다. 케네디 공항 대합실을 점거하고 있던 한 무리의 걸인들. 그런데 그들은 구걸할 생각도 하지 않은 채, 그냥 멍하니 앉아있었다. 마약에 찌들어 의사 표현도 어려워 보였다.

하지만 백악관 정문 앞이나 센트럴 파크 입구의 백인 거지들은 사정이 훨씬 나아보였다. 이어폰을 꽂고, 차림새도 전혀 걸인처럼 보이지 않았다. 하긴 그 자리의 프리미엄만 해도 상당한 부자라고 들었다.

서울의 지하철에서 만나곤 하던 두 사람의 걸인을 잊을 수 없다. 둘 다 머리가 하얀 노인들이다. 할아버지 걸인은 두 손을 휠체어 삼아 몸을 끌고 다녔는데, 말을 못했다.

누군가 은전을 베풀면, 그 자리에 멈춰, 요란한 손동작으로 감사 의식을 펼치곤 했다. 그 손짓은 기도처럼 보이기도 했는데, 무슨 밀교 의식인 것도 같았다. 그때 노인의 표정은 너무도 간절해서 경건해 보이기까지 했다. 그래! 나는 비록 이 꼴로 살지만, 날 위해 은혜를 베푼 당신, 당신만은 꼭 복을 받도록 하고야 말겠어, 기다려! 그렇게 말하듯 보이기도 했다.

머리가 흰 할머니 걸인은 독특한 방법으로 구걸을 했다. 일정한 리듬에 맞춰 몸을 흔들며, 자, 이제!... 하는 구령과 함께 적선을 베풀 만한 사람을 신속하게 가려내어... 좀 도와주셔!... 하곤, 그의 눈 밑에 손을 디밀었다.

저건 구걸이 아니라 춤이구나! 그렇게 느낀 적도 있다. 허탕을 치는 경우가 있어도 전혀 개의치 않고, 똑같은 동작으로 다음 대상에게 옮겨가곤 했는데 성공률이 높아 보였다.

이 두 노인의 경우는 구걸에 관한 창조적 노하우를 지니고 있거나, 사람을 기쁘게 만드는 솜씨가 탁월하다. 적선을 베푼 사람이 금방 신의 은총을 받을 듯한 기분을 느끼게 하는 것, 또는 아, 나도 저 노파에게 선택되었으니, 그리 빈상으로 보이거나, 몰인정한 인상은 아닌 모양이라고 자긍심을 갖게 하는 것 말이다. 그래서 노파의 선택에서 제외되면 공연히 불편해지고, 섭섭하게 만드는 수완이야말로 예사로운 솜씨가 아닌 것이다.

세상을 살다 보면, 무슨 일이든 이 두 걸인에게 배울 만한 구석이 있을 듯하다. 더구나 21세기는 콘텐츠의 시대다. 콘텐츠의 생명력이 독창적 사고의 기발함이다.

그러나 그 기발함이 자신만을 위해 이용된다면 성공하기 어렵다. 거기 타인에 대한 배려가 있어야 한다. 나보다 타인이 더 유쾌한 쪽으로 발상의 전환이 필요하다. 그래서 21세기는 타자중심의 시대가 되어야 한다. 그때 비로소 이 세기는 인간을 사랑한 시대로 기록될 것이다.

글쓰기 행위 속엔 이미 타자에 대한 지향이 숨어있다. 자기중심적인 글쓰기는 수다스러울 뿐 아니라, 깊은 신뢰를 얻기 어렵다. 좋은 글은 늘 읽는 이의 안목을 고양시키고, 독자에게 대리체험의 기회를 제공한다. 그래서 읽고 난 뒤에도, 어쩌면 자신이 그 글의 독자로 선택받았다는 기쁨을 준다. 그 호명과 초대의 느낌 속에 독창성이 숨어있는 건 말할 필요도 없다.

그 사람, 보들레르

　19세기는 여러 분야에서 전근대성과 결별하려는 몸부림이 분출한 시기다. 그런 사회사적 여건은 산업혁명의 충격과도 무관하지 않다. 수공업이 기계설비로 대체되면서 대량생산의 물꼬가 트인 건 사회, 경제상의 급격한 변화를 몰고 왔기 때문이다. 그때의 그 충격은 디지털 혁명의 갑작스런 충격과 대면하고 있는 오늘날의 우리와도 흡사한 점이 있다.

　이런 대전환기에 문학과 예술이 어느 분야보다 앞서 예민한 반응을 드러낸 건 당연한 귀결인지 모른다. 그 변화의 맨 앞자리에 시인 보들레르^{Baudelare}가 있다. 19세기 보들레르$^{1821-1867}$의 등장은 문학이 전근대성에서 근대성으로의 돌연한 전환과 맞물리기 때문이다. 우선 그는 '예외와 놀라움'을 예술의 본질로 파악함으로써, 리얼리즘과 낭만주의의 틀을 벗어버린다. 그리고 낯선 것의 정신적 가치, 애매성^{ambiguity}의 존재론적 위상을 제고함으로써 상징주의의 문을 열었다.

특히 예술이 아름다움을 추구한다는 고정관념을 혁파한 안목이야말로 예술의 새로운 지평을 연 업적이 아닐 수 없다. 스스로 밝히고 있듯이 시집 『악의 꽃』은 '차디차고 음울한 아름다움'을 노래한 시집으로 문학사에 충격을 몰고 온다. 그것은 전대의 시편들과 다른 '뜻밖의 놀라움과 기형적인 미'를 선보인 시집이기도 하다. 예컨대 권태, 악, 부패, 시체, 시궁창, 패덕 등을 새로운 가치로 내세웠을 뿐 아니라, 인간의 감각 중 가장 저급한 감각으로 치부되던 후각을 전면에 내세운 점이 그렇다.

말하자면 그의 시편들은 악취로 가득한 괴상한 시편들이다. 그리하여 그는 기괴미^{grotesque}란 새로운 미의 영역을 발굴해낸 시인이다. 보들레르의 이러한 일탈은 기계화, 문명화의 우울한 미래를 예견한 고통스런 외침이었으니, 그의 선구적 자각은 말라르메는 물론 20세기의 P. 발레리, R. M. 릴케, T. S. 엘리어트 시의 자양분이 되어 현대시의 새로운 활로를 열게 된다.

특히 주목할 점은 인공성^{artifactuality}에 대한 그의 자각이다. 그는 이미 현대예술의 방향이 오브제의 조작과 왜곡에 있다는 걸 눈치챘으며, 현대성의 특질인 인공성을 예술의 본질로 파악했다. 사실을 설명하거나 자연을 재현하는 행위가 얼마나 비예술적 행태인지 깨달은 건 그의 근대적 안목을 엿보게 한다.

지금 4차 산업혁명의 와중에서 보들레르가 시사하는 바는 매우 크다. 요컨대 AI가 인간의 일자리를 밀어내고, 홀로그램이 실재보다 더 실재에 근접한 가상현실의 도래를 우리는 생생히 목격하고 있다. 이 충격의 세기에 젊은이들은 나태할 겨를이 없다. 젊은 세대가 연마해야 할 것은 지적 체조이며 상상력 훈련이다. 급격한 변화에 가장 민감하게 반응해야 할 임무가 젊은이들의 몫이기 때문이다.

각자의 전공 안에서 이 혁명적 전환기의 핵심을 먼저 정확히 파악해야 한다. 그러기 위해선 창조적 역량을 키우고, 변화가 몰고 올 세계상과 대면할 안목을 갖추어야 한다. 예컨대 기차나 비행기의 출현이 동시성과 다중시점의 시대를 열었으며, 사진기의 등장이 입체파의 출현을 앞당긴 것처럼 디지털 시대에 합당한 새로운 가치를 발견하고, 창조적 영역을 발굴하는 게 중요하다.

디지털 혁명의 시기를 선도한다는 것은 바로 창조적 문화영역을 일구고, 새로운 시대정신을 찾아내는 일이다. 그것은 일찍이 보들레르가 주창했던 정신체조mental gymnastic를 훈련하고 실천함으로써 가능하다. 정신체조란 무엇인가? 정신의 근육을 키우는 독서와 상상력 훈련은 물론, 새롭게 보고 다르게 생각하는 훈련이야말로 정신체조의 바탕이다.

다시, 보들레르가 젊은이들에게 전한다. '모두들 집단으로 즐길 때, 진정한 영웅은 홀로 즐긴다'고 말이다. 창조적 역량은 집단적 사유의 산물이 아니다. 집단과 중심은 언제나 선풍과 유행을 낳는다. 그것은 획일적 사유와 닮은꼴의 문화를 양산한다. 새로운 시대, 우리가 잊지 말아야 할 것은 창조적 개성만이 생명력을 지닌다는 사실이다. 늘 변방을 주목하고 소외된 영역을 살펴보기 바란다. 누구도 가지 않았던 그 길목에서 여러분 또한 역사를 바꿀 전환점이나, 21세기의 진정한 가치를 발견하게 될 테니 말이다.

$$E = mc^2$$

기적의 해로 불리는 1905년, 아인슈타인^{Einstein 1879-1955}은 고작 26세였다. 스위스 취리히 연방공대를 졸업한 이 유태계 독일인은 모교의 대학교수를 원했으나, 당시 베버 교수 등의 반대로 뜻을 이루지 못하고, 생계를 위해 스위스 특허청 직원이 되었다. 직장인의 신분이었으나 연구에 매진하여, 그해 '상대성이론'으로 알려진 3쪽 자리 소논문을 발표했는데, 이로부터 우주의 역사가 바뀌게 된다.

그의 문제의식은 이른바 '생각실험'으로 알려진 독창적 사유의 결정체다. 그는 늘 펜과 종이를 펼쳐놓고 천문지리의 비밀을 풀기 위해 숙고했다. 그 발단은 '1미터가 얼마큼의 시간이며, 1초는 얼마나 멀까'란 충격적 사고에서 출발한다. 여기서 공간의 시간화와 시간의 공간화를 떠올린 건 예술적 사유, 특히 시적 상상력의 범주와도 흡사하다. 'E=mc²'으로 요약되는 에너지와 질량 및 광속에 대한 탐구는 마침내 절대시간과 절대공간은 부재하며, 그것이 상대적 인식의 소산이란 걸 밝혀내기에 이른다. 뿐만 아니라 중력의 간섭으로 인하여 시공 및 빛은 굴절하기 때문에 우주도 휘어있다는 선언은 충격이었다.

이 발표는 당시 양자론의 창시자였던 막스 플랑크Max Planck의 지지를 받았으며, 그 인연으로 아인슈타인은 1913년 베를린 대학 교수로 부임한다. 그로부터 시작된 18년 독일 거주 동안 그는 누구도 가보지 못한 우주의 비밀에 다가간다. 『논어』에 '군자는 자기를 알아주는 자를 위하여 죽는다'고 했던가. 그가 21세 연상의 막스 플랑크를 평생 따른 건, 무명의 젊은이를 알아준 고마움도 있었을 것이다. 당대 최고의 유명인사가 되어, 방문하는 나라마다 열렬한 환영을 받았지만, 히틀러의 노골적인 유태인 박해와 전쟁준비에 환멸을 느끼고, 그는 1933년, 54세의 나이에 미국 망명을 단행한다. 이 대목에서 나는

비슷한 나이에 미국이민을 떠났던 수화 김환기 화백을 떠올린
다.

　그 이후 임종까지의 22년 미국 거주는 프린스턴 고등연구
원 교수와 강연, 그리고 해외 순방을 빼면, 지난 18년 베를린
시절의 영광엔 미치지 못한다. 그러나 여기서 그의 생애를 더
욱 가치 있게 만든 건 그의 세계관이다. 아니 인문주의자적 안
목이다. 그가 전쟁을 거부한 평화주의자였으며, 히틀러 정권
에 극렬히 저항한 지사였다는 사실이 그것이다.

　기원전 2세기, 진시황이 승상 이사李斯의 부추김으로 '분서
갱유'를 일으켰듯이, 1933년 10월 히틀러는 하수인 괴벨스의
농간에 동조하여 독일판 분서갱유를 저지른다. 유태인 지식인
을 제거하고 새 시대 예술의 요람이던 바우하우스를 폐쇄했으
며, 20세기 음악과 창조적 예술품을 폐기한 사건이 그것이다.
그 무렵 독일의 정신적 몰락에 대해 루드비히 바우어Rudwig Bauer
가 '신 중세'라고 낙담한 건 정곡을 찌른 표현이다. 어느 나라,
어느 시대나 그런 순간이 출현하는 건 역사의 뼈아픈 통점일

테니 말이다.

아인슈타인은 테러의 위험에도 불구하고 히틀러 정권 반대, 독일의 군사적 재무장 위험성, 신무기 제조에 대한 경고강연을 감행한다. 물론 그가 평화를 위한 행보만 한 건 아니다. 그는 과학자로서 본연의 의무를 게을리 한 적이 없으니, 죽을 때까지 매달렸던 '통일장이론'은 물론, 상대성과 양자론의 모순을 해결하기 위해 높은 수준의 논문을 끊임없이 발표한 게 그것이다. 76세, 임종 직전 그가 남긴 마지막 말 역시 '펜과 종이를 가져오라'는 당부였다.

나는 그의 창조적 문제의식을 존경하지만, 그가 견지했던 인생관에도 깊은 유대감을 느낀다. 요컨대 '신비와 아름다움'을 과학의 목적으로 보았던 그에게서 인문주의자의 풍모를 발견하기 때문이다. 더구나 그가 인간적 고난을 헤쳐나간 과정은 더욱 그렇다. 정든 모국을 떠나야 했던 절박감이나 히틀러의 박해만이 아니다. 첫 부인과의 불화와 이혼, 잇단 자녀들의 사망, 정서적 위기감, 그의 업적에 대한 폄하와 공격, 지속적인 비난과 왜곡은 보통사람으로선 감당하기 어려울 정도였다. 그는 그런 역경 속에서도 진리에 대한 신념을 버린 적이 없으며, '생각실험'을 멈춘 적이 결코 없으니 말이다. 상식을 버리고 진실에 대해 숙고를 거듭하는 태도야말로 그가 남긴 값진 유산이다. 그 결과 우리 모두는 지금 아인슈타인의 우주에 살고 있으며, 창조적 삶의 귀감으로 그를 기억하고 있지 않은가.

묘비명에 대한 질문

중세의 성숙한 잠언 메멘토 모리는 살아서 죽음을 기억하란 당부다. 죽음 이후의 평가를 생각하며 사는 삶이 그런 것처럼, 유한자로서 인간의 한계를 성찰하는 삶은 그렇지 않은 삶의 태도와 다를 수밖에 없다. 다산은 백 년 뒤에 평가받겠다는 신념으로 당대의 저평가에 굴하지 않았으며, 니체 또한 그가 살았던 19세기가 아니라, 이십 세기에 평가받길 소망했다. 과연 이 두 사람은 그들의 바람대로 후세에 고평가되었다.

인간은 결국 죽음으로 한 생애를 평가받는다. 대시인 릴케는 그의 묘비명을 스스로 썼다.- '장미여, 오 순수한 모순이여, 기꺼움이여/ 그 누구의 잠도 아닌, 그 많은 눈꺼풀 아래에서'- 상투적인 묘비명과 너무도 다른, 아주 특별한 한 편의 시를 통하여 릴케는 그가 얼마나 새로운 눈빛과 깨어있는 감각에 몰두하는 삶을 살았는지 증명한다.

나는 중대한 선택의 기로에 처할 때마다 위인들의 묘소를 참배하는 버릇이 있다. 그건 국립묘지나 역대 대통령의 묘역이 아니다. 포은, 최영, 남명, 한음, 다산 선생 등의 묘소는 그런 순간마다 지혜를 청했던 장소들이다. 그러다가 안동 건지산에 있는 퇴계의 묘에서 '퇴도만은 진성이공지묘'退陶晚隱眞城李公之墓– '늦게야 도산으로 은거한 진성이씨의 묘'란 묘비를 보고 충격을 받은 적이 있다.

16세기의 이 묘비는 릴케의 묘비명만큼이나 참신한 느낌으로 다가왔는데, 그분의 죽음을 기록한 〈고종기〉를 읽고, 그것이 생전에 그분이 정해놓은 유지였다는 걸 알았다. 그때부터 영남학파의 비조인 김종직은 물론, 문묘에 배향된 동방오현, 정여창, 김굉필, 조광조, 이언적 선생의 묘소를 차례로 참배했다. 동방오현의 끝자리가 퇴계 이황이니, 무슨 전통 같은 게 있으리라 여겼다.

내 예상은 적중했다. 경남 밀양에 있는 김종직의 묘비 '문충공 점필재 김선생지묘'로부터, 경남 함양의 정여창 묘비 '유명조선국 일두정선생지묘', 대구 구지산 김굉필의 묘비 '증우의정문경공 한훤당김선생지묘', 경기 용인 조광조의 묘비 '문정공 정암조선생지묘'. 포항 달전리 이언적의 묘비 '문원공 회재이선생지묘'에 이르기까지, 이분들의 묘비엔 약속처럼 이름이 없다! 이런 겸양의 전통 때문일까. 퇴계보다 후대인인 율곡의 자운서원 묘비 또한 '문성공 율곡이선생지묘'라고만 새겨져있다.

단지 이름을 생략한 이 전통 앞에서 나는 왜 고개를 숙이는가. 내가 이 성현들의 묘소 앞에서 느낀 건 스스로의 자취를 한없이 낮춘 고결한 선비정신이다. 재미있는 건 이름 없는 필부들일수록 하나같이 그 이름을 드세우고 있다는 사실이다. 터무니없이 넓고 화려한 무덤들은 또 얼마나 많은가. 나는 봉분의 크기나 묘역의 규모가 망자의 인품과 반비례할 수도 있다는 것쯤은 눈치를 챌 수 있다.

대뜸 대문호 톨스토이가 떠오르기 때문이다. 톨스토이는 부를 죄악의 근원으로 보았다. 그는 자신의 부를 사회에 환원하기 위해 고군분투하다가 객사했다. 지금도 야스나야 폴랴냐에 있는 그의 소박한 묘엔 비석조차 없다. 그의 유지 때문이다. 나는 톨스토이가 이미 부활한 사람이라고 믿고 있다. 그의 신념처럼 부활이 새로운 인격으로 거듭나는 걸 의미한다면 말이다. 그가 위대한 거인인 까닭은 그런 깨달음을 몸소 실천했다는 데 있다.

이번엔 다산이 이른다. '권세가조차 자식이 요상하거나 잘못되는 걸 막을 수 없거늘, 몇백 년 썩은 조상의 뼈가 어찌 후손을 돕는단 말인가.' 그렇다. 톨스토이나 다산에게서 우리는 근대인의 안목을 엿본다. 21세기에도 여전히 조상의 음덕에 기대는, 많은 중세인들을 감안하면 더욱 그렇다.

이름을 생략한 성현들의 묘비는 이 시대 우리에게 권한다. 시신기증이나 장기기증의 사회적 확산 운동이나, 무덤을 만들지 않는 문화의 조성 말이다. 삶의 크기는 바윗돌에 새겨진 이름이나 봉분의 크기가 아니다. 살아서는 죽음을 생각하고, 죽어서는 자취를 남기지 않는 것도 아름다운 선택은 아닐까. 삶의 자취는 오직 살아서 쌓아야 할 몫이며, 그 때문에 부끄럽지 않게 살아야 할 명분도 생기기 때문이다.

산은 속세를 떠나지 않았네

'산은 속세를 떠나지 않는데, 속인들은 산을 떠나네'^{山非離俗 俗}^{離山}, 백호 임제^{白湖 林悌 1549-1587} 선생의 싯구다. 놀라운 건 세상의 편견을 뒤집은 그의 안목이다. 유명한 속리산 ^{俗離山 1058m}은 예나 지금이나 '속세를 떠난 산'으로 통한다. 마치 속세간이 싫어 그걸 도피한 비정한 산으로 여겨진다.

그런데 산이 언제 우리 곁을 떠났나? 속리산은 언제나 지금 그 자리에 서있었을 뿐이다. 산의 억울한 누명을 벗겨준 건 오직 임제 선생이다. 홀연, 뜻밖의 해석으로 상대성의 가치를 일깨운 그의 눈빛이야말로 젊은 세대가 반드시 배워야 할 덕목이다. 제 눈 속의 대들보는 보지 못한 채, 남의 티끌만 바라보는 게 인간이다. 임제는 그런 인간의 타성을 벗어나 산의 마음을 읽었으며, 진실의 척도 하나를 본보기로 세운 사람이다.

그는 전남 나주 회진에서 태어났다. 그의 고향은 훼절의 대명사 신숙주[申叔舟 1417-1475]의 고향, 나주 노안과 이웃이다. 신숙주의 132년 고향 후배인 셈이다. 신동으로 천재시인으로 명성이 높았으나 그는 관직에 나가지 않았다. 자신이 죽은 후 무덤을 만들지 말라고 당부할 만큼 그는 시대를 앞서나간 사람이다. 추정컨대, 그가 관직을 기피한 건 동향의 신숙주에게 느낀 바가 컸던 탓도 있었을 것이다.

그는 선비로 초야에 묻히길 염원했으나, 딱 한번 관직에 진출한 적이 있다. 능력을 아까워 한 조정의 거듭된 요청으로 평안부 도사부 도사에 특채된 게 그것이다. 그러나 임지로 향하던 중 송도 인근의 모계란 곳에 있는 황진이 묘를 참배하고 시까지 읊은 사건으로, 그는 9일만에 삭탈관직을 당한다. 예나 지금이나 무능한 간신의 특징은 유능한 자를 모함하며, 없는 말을 꾸며내어 역사를 그르친다.

다시 생각해보자. 임제에게 송도(개성)란 지명은 '황진이' 란 컨텐츠를 떠오르게 했던 게 분명하다. 상투적 관료의식이 아니라, 그는 당대를 대변할 송도의 이미지화, 혹은 세계화를 꿈꾸었는지 모른다. 오늘날 시각으로 본다면, '송도/황진이'의 이미지는 천재시인과 미인의 고장이 겹쳐진 아이템이며, 송도 가 지역적 특성으로 내세울 만한 최고의 선전 효과인 셈이다. 그러니까 그의 비극은 너무 앞서 21세기적 패러다임으로 무장 했던 안목에서 연유한다.

E.H.카가 '누구도 섬은 아니며, 인간은 대륙의 한 조각일 뿐'이라 한 말을 기억하자. 인간은 다만 자신이 살아가는 시대 의 굴레와 상황 안에서만 자유로울 수 있으며, 시대를 뛰어넘 는 개성이란 독이 될 수도 있다는 역사적 경고다. 임제의 경우 가 바로 그렇다.

그러나 역사엔 가정이 없다. 그것이 역사의 아이러니다. 강 물의 흐름은 강바닥에 돌출한 바위 하나 때문에 소용돌이를 일으키지만, 강의 아름다움 또한 그 소용돌이에서 시작된다는 걸 알고 나면 이미 늦는 법이다. 모두가 천편일률의 강물이 될 때, 그 사회는 침묵하는 사회가 된다. 그곳에선 돌발적 아이디어나 창의적 담론이 불가능하다.

젊은 세대가 역사에서 배울 점이 이것이다. 미래 건설은 오직 과거 속에 그 해답이 숨어있기 때문이다. 역사의 속성은 끝났거나 단절된 개념이 아니라, 유기체처럼 살아 움직인다. 역사적 사건이나 인물의 유형들 또한 반복되고 있을 뿐이다. 누가 창조적 인재였으며, 누가 사리사욕에 눈먼 간신배였는지 역사는 반드시 이를 증거한다. 그래서 역사는 순환한다고 말하는 것이다.

수화樹話를 엿듣다

지금 우리미술계의 주어는 단연 수화 김환기[1913-1974] 화백이다. 그의 아호 수화樹話는 나무와의 대화란 뜻이다. 이번엔 우리가 그 대화를 엿들어보면 어떨까? 그의 그림 〈3-II-72 #220〉이 홍콩경매에서 우리미술품 최고가(85억3천만 원)를 경신하면서 그는 화제의 중심으로 떠올랐다. 그의 또 다른 그림 〈고요, 5-IV-73 #310〉이 가지고 있던 기록(65억5천만 원)을 스스로 넘어선 것이다.

예술이 어찌 금액으로 평가될 것인가? 그러나 좋은 예술이 진정한 가치를 평가받았다는 점에서 다행이란 생각도 든다. 모두들 그의 그림가격에 놀라거나, 그의 화려한 성취만을 들추고 있다. 하지만 그가 어떤 역경을 딛고 최고의 화가가 되었는지 살펴볼 필요가 있다. 우선 수화의 생애는 안주를 거부한 도전의 연속이었다. 그건 벌써 스무 살 때, 집안(그는 신안군 안좌도 출신이다)의 반대를 무릅쓰고 일본대학 미술학부에 입학한 것부터가 남다르다. 35세, 서울미대 교수가 되고, 40세 홍대미대 교수가 되었으나 교수직을 사임하고 43세 파리로 건너간 거나, 홍대미대 학장직까지 버리고 51세 뉴욕체류를 감행한 이력이 그 반증이다.

하기야 이십대 때 벌써 '신사실파'란 우리나라 최초의 추상미술 그룹을 결성하여 이중섭, 유영국 등과 교류한 그다. 36세 때 쓴 글에서 그림이 한 점도 팔리지 않는 전시의 고독과 허무를 뼈저리게 토로한 그는 42세 때, 아예 그림을 팔지 않기로 작심하면서 비좁은 공방과 그림만이 자신의 재산이라고 고백한다. 한국에선 물론 뉴욕체류 내내 경제적 어려움을 겪었으며, 아내 김향안 여사는 막일로 남편을 내조해야 했다.

그가 화가로서 첫 보상을 받은 것 역시 작고 4년 전인 57세 때다. 1970년 제1회 한국미술대전에서 대상을 받은 게 그것이다. 일찍이 '예술은 절박한 상태에서 만들어진다'고 믿었던 그다. 그 무렵 그는 일기에 이렇게 썼다. '내 작품은 공간의 세계란다. 서울을 생각하며 오만가지 생각하며 찍어가는 점, 어쩌면 내 맘 속을 잘 말해주는 것일까… 내 점의 세계… 나는 새로운 창을 하나 열어주었는데, 거기 새로운 세계는 안 보이는가 보다' 그리고 며칠 후, 마음속으로 노래하던 김광섭의 시 〈저녁에〉를 대작의 시화로 만들어 '한국전'에 응모할 결심을 굳힌다.

1965년 1월부터 1974년 7월 12일까지 쓴 일기를 보면 그는 매일, 어느 땐 밤늦게까지 작품에 매진한 걸 알 수 있다. 문제의 바로 그 그림 〈3-Ⅱ-72 #220〉이란 제목의 붉은색 대형 점화에 대한 기록도 보인다. '1972년 2월 3일-진종일 비 100x80 #220 시작' '2월 5일-제 나름대로 사는 것이 아름다운 것' '2월 6일-#220. 겨우 일단락. 앞으로 사나흘 더해야 끝날 것 같으나 완벽엔 못 갈 것 같다' '2월 9일-#220 완성' 그리고 문제의 또 다른 그림 〈고요, 5-Ⅳ-73 #310〉에 대한 일기는 인상적이다. '1973년 4월 5일- 104x82 #310 시작' '4월

8일-파블로 피카소 사망. 태양을 가지고 간 것 같아서 멍해진다. 세상이 적막해서 살맛이 없어진다' '4월 10일-#310 3분의 2 끝내다. 마지막 막음은 완전히 말린 다음에 하자. 피카소옹 떠난 후 이렇게도 적막감이 올까'

일기에 의하면, 〈고요〉는 피카소의 죽음 이후 적막감이 분출하여 탄생한 그림인 셈이다. 그의 일기는 회갑을 맞은 1974년부터 비장감마저 엿보이는데, 건강에 이상 징후가 나타나면서 더 심해진다. 매일 쉬지 않고 그림을 그리면서 그는 '종신수終身囚임을 깨닫'거나, '빨리빨리 해야겠는데 건강이 말을 안 듣는다'고 안타까움을 표하기도 한다. 마침내 '7월11일-내일 한 시 수술. 눈치 보니 어려운 수술인 것 같다'고 적었던 그는 '7월 12일-해가 환히 든다. 오늘 한 시 수술... 내일이 빨리 오기를 기다린다'고 썼다. 그때까지도 그는 오직 그려야할 그림 생각뿐이었으리라. 그러나 그 기록이 마지막 일기가 되었다. 그는 수술 13일 후인 7월 25일, 그가 그토록 사랑했던 별들 곁으로 떠났다. 위대한 화가의 열망은 끝까지 그리는 일이었을 뿐, 어느 지면에서도 비싼 그림가격이나 안락의 추구를 찾을 수 없다.

위대한 창조는 좋은 여건에서 나오는 게 아니라, 아슬아슬한 위기 속에서 탄생한다는 걸 다시 본다. 수화의 독백을 엿들으며, 우리가 배운 건 무엇인가? 위태로운 현실을 타개할 의지와 열망, 그리고 죽음조차 막을 수 없었던 한 예술가의 신념은 아닐까. 이 진실이 어찌 그림에만 국한되겠는가? 역경은 다만 자신을 박차고 넘어가라고 세워둔 구름의 바리게이트일 테니 말이다.

문제의식이 열쇠다

클리언스 브룩스는 좋은 예술작품을 '잘 구워진 항아리^{The} $^{wellwrought~urn}$'로 비유한다. 그렇다. 세상엔 잘 구워진 항아리도 많고, 잘 쓴 글도 많다. 그런데 대가의 호칭은 왜 극소수에게만 부여되는 걸까? 그건 철학자, 과학자, 건축가 등 여타 분야도 마찬가지다. 그러나 대가가 세속적 유명세나 인지도, 혹은 대중의 인기와 비례하는 건 아니다. 그렇다면 그 기준은 도대체 무엇일까?

여기서 문제의식^{問題意識}이란 개념과 만나게 된다. 문제의식이란 어떤 현상에 대해 문제를 제기하고 적극적으로 해답을 찾으려는 태도를 일컫는다. 요컨대 원자론의 확실성에 반기를 든 양자론이나 상대성이론, 또는 운명결정론적 사고를 비판하면서 인간의지와 선택의 중요성을 일깨운 실존철학의 움직임 등은 그 좋은 본보기다.

대가적 화가의 계보를 통해 살펴볼 때, 평면의 한계를 거부한 입체파cubism의 등장, 피카소나 파울 클레의 경우를 떠올릴 수 있다. 사과가 반드시 붉거나 동그랄 필요는 없다. 어둠 속에서도 사과가 붉을까? 더구나 빛의 굴절과 반사에 따라 사과는 세모나 네모꼴로 보일 여지가 얼마든지 있다. 연암 박지원 선생이 검은 빛 까마귀가 아니라, 붉고 푸른 까마귀를 역설한 것도 이와 동일한 문제의식이다.

아리스토텔레스는 사실만 나열하는 역사에 반해, 개연성을 중시하는 문학의 우월성을 논한 바 있다. 개연성이란 일어날 수 있는 모든 가능성을 뜻한다. 개연성의 통로를 봉쇄할 때, 우리는 절대 진리의 환상에 빠지거나 하나의 도그마만 신봉하는 원리주의자가 되기 십상이다. 자연의 운행을 성찰해 보라. 불변이란 없다. 진리마저 고정불변이 아니라, 우리가 발굴하고 수정해온 발자취다. 문제의식이란 그러므로 우연과 변화의 양상을 신뢰하는 가치관이며, 다양한 차이를 존중하는 세계관이다.

왜 이것이 아니고 저것인가? 왜 이것이어야만 하는가? 이런 궁극적 의문과 그에 대한 천착이야말로 문제의식으로 나가는 첫걸음이다. 모두가 불결한 변기통을 바라볼 때, 마르셀 뒤샹은 거기서 '샘fountain'을 본다. 인간의 타성을 깨고, 맑은 샘물 가득 품고 싶은 오브제의 속마음을 읽는다. 대상의 겉이 아니라 그 내면을 응시할 때, 놀랄만한 문제의식이 우러난 경우다.

헝가리의 문화적 독자성을 세상에 드높인 건 문제의식으로 충만한 예술가들이다. 음악가 프란츠 리스트, 사진가 앙드레 케르테스, 그리고 영화감독 벨라 타르Bela Tarr가 그들이다. 이들은 각자의 영역에 전혀 뜻밖의 문제의식을 불어넣어, 헝가리에 대한 세상의 인식을 바꿔놓은 사람들이다. 서양음악사에서 정신주의 음악의 영토를 개척한 프란츠 리스트의 『헝가리언 랩소디』를 듣거나, 금세기 최고의 문제작Controversial_film 벨라 타르의 『사탄탱고Stan tango』를 감상한다면, 문제의식의 절정을 경험하게 될 것이다.

문제의식은 인간의 관습을 거세게 뒤흔드는 태풍과 같다. 태풍이 세상 풍경을 바꿔놓듯이 문제의식은 인간의 나태한 인습을 변화시킨다. 문명화의 토대를 의식혁명이라 한다면, 문제의식이야말로 의식혁명의 다른 이름이며, 21세기가 요구하는 고급한 컨텐츠 발굴의 모태다. 문제의식으로 세상을 바라보는 순간, 지금까지 습성에 기대던 의미들이 전혀 다른 모습으로 드러난다. 그 뜻밖의 관념이나 풍경들이 바로 창조의 아이템이며 고급한 콘텐츠의 요체다.

누구나 비슷한 걸 쓰거나 그릴 수 있지만, 위대한 화가나 작가의 호칭이 극소수에게만 부여되는 연유가 이것이다. 좋은 작품과 문제작의 차이 또한 여기서 벌어진다. 젊은이들의 어깨에 우리의 미래가 걸려있다면, 그 미래 또한 문제의식의 유무와 대소에 따라, 국가 간 질적 차등이 불가피할 전망이다. 우리 미래가 문제의식으로 무장한 젊은이들에 의해 선도되길, 그리하여 창조적 문제의식으로 채워지길, 나는 열망하는 사람

중의 하나다.

동사적 인간형

영화 『일 포스티노』로도 유명한 칠레 시인 파블로 네루다[Pablo Neruda]는 동사를 '숨결이며 피'라고 노래했다. 동사야말로 살아 숨쉬는 품사, 아니 인간 삶의 양태를 온 몸으로 짊어진 게 동사란 걸 시인은 강조하고 싶었는지 모른다. 문장은 주어와 서술어의 결합으로 이루어지지만, 문장의 운명은 사실 서술어에 의해 결정된다.

따라서 어휘력이 풍부하다는 것도 주어의 몫이 아니다. 어휘력의 부유와 빈곤 역시 서술어 구사가 다채롭고 적확한가의 여부로 갈린다. 빈약한 서술어 구사, 동어 반복적인 서술어의 쓰임을 흔히 목도하게 되는데, 이것은 문장 훈련이 잘못된 걸 의미하며, 서술어의 구사를 심각하게 고려하지 못한 결과다.

동사는 명사보다 의미 변화가 심하며 애매하다. 동사는 의미 연관에 따라 유동적이지만, 명사는 고정적이기 때문이다.

리처드 니스벳[Richard E. Nisbett]은 『생각의 지도』에서 동사를 통해 세상을 읽는 동양과 명사를 통해 세계를 파악하는 서양의 차이를 흥미롭게 개진한 바 있다. 동양인이 사회란 관계망 속에서 '나'를 파악하는데 반하여, 서양인은 개인의 틀 안에서 세계를 조망한다는 것이다.

나는 지금 문장의 쓰임새나 품사론을 말하려는 게 아니다. 품사를 통해 유추되는 인간형에 대해 생각해 보자는 것이다. 언어 구조상의 차이가 사고 과정의 차이를 유발하듯, 문장은 곧 사람됨의 표상이기 때문이다. 요컨대, 명사의 특성인 고정불변적 삶의 태도와 동사적 속성인 도전적 변화를 통해, 무엇이 21세기적 삶의 자세인가를 성찰해 보자는 것이다.

공자가 군자불기[君子不器]라고 할 때, 군자는 틀에 박힌 용기[容器]가 아니며, 규격화된 주물이 될 수 없다는 의지가 이 선언의 배경이다. 군자는 여건의 변화에 따라 슬기롭게 대처하며, 자발적인 주체적 변모를 도모해야 한다는 뜻이다. 동양사상의 한 축인 음양陰陽 원리도 서로 상반되면서, 서로를 완전하게 만드는 힘의 관계란 걸 주목할 필요가 있다. 기원전 5세기의『좌전左傳』에, '훌륭한 요리사는 서로 다른 맛을 섞어, 조화롭고 감미로운 새 맛을 만든다'고 했다. 이 말은 21세기가 왜 융합을 실천해야 하는지를 앞질러 제시한 탁견이다.

이것은 음식만이 아니라, 학문의 영역, 국가와 집단, 그리고 개인과 개인 사이의 관계에서도 절실한 발전의 아이템이다. 조너선 색스의 말처럼 '차이가 가치의 원천이며, 사회 자체의 원천'인 연유는 그 다양한 차이들이 결합하여 원대한 가치를 창출하기 때문이며, 그것이 바로 융합의 필요성인 까닭이다.

21세기는 가공할 혁명의 시대다. 그것은 디지털화와 소프트웨어의 조정 때문이다. 창조적 콘텐츠의 확보가 시대적 좌표가 되었으며, 모든 분야에서 융합의 필요성이 절실해졌다. 이질적인 장르들이 서로 결합하여 새로운 고부가 가치를 창출하는 것이 융합이다. 예컨대, 최근 연구되고 있는 '인지과학cognitive science'의 경우는 인간의 정신을 밝혀내려는 시도로서 철학, 심리학, 신경과학, 인공지능학 등이 한 몸으로 결속한 양식이며, 사람을 닮은 로봇 '휴매노이드humanoid'는 기계공학, 컴퓨터공학, 심리학, 신경과학 등이 하나로 결합된 경우다.

좋은 영화가 탄탄한 시나리오 대본과 빼어난 영상은 물론, 배경음악, 조명 등과의 연합으로 완성되듯, 21세기는 모든 창조가 인접분야 및 이질적 요소들과의 통섭과 조합을 통해 이루어질 전망이다. 이것은 변화에 능동적으로 대처하는 동사적 인간형이 요청되는 시대로 진입했음을 의미한다.

음식을 골고루 섭취하여 건강을 유지하듯이, 폭넓은 앎을 비축하고 타 분야와의 결속과 유대가 절실해졌다. 학습된 의미 안에 갇히거나 불변의 틀 속에선 고급 콘텐츠가 나올 수 없다. 중세 연금술 이래 모든 창조는 하나의 양태를 전혀 다른 상태로 변화시키는 걸 뜻한다. 과거의 명성에 기대거나 그 그늘 속에 안주하는 태도는 퇴보를 가져온다. 허물을 벗지 못하는 뱀은 사멸하기 때문이다.

21세기를 이끌고 갈 젊은이들의 각성과 전향적 자각이 국가 미래의 명운을 바꾼다. 여러분 모두 타자들을 받아들여 스스로를 갱신하라. 다양한 요소들과 뒤섞이며 새로운 가치로 거듭나라. 융합을 적극적으로 실천하는 미래형 인간, 21세기를 주도할 창의적 인간, 나는 이걸 '동사적 인간형'이라 부르고 싶다.

사상적 근대인

문화가 성숙하면 가치 중심은 양에서 질로 급격히 전환된다. 문화란 결국 사상을 포함한 의식주로 대변된다. 지금 우리의 의식주 수준은 이삼십 년 전과 비교할 수 없을 정도로 양에서 질로의 전환이 이루어지고 있다. 하지만 그 변화 속도가 지나치게 서둘러 이루어진 후유증일까. 문제는 의식주를 이끌어야 할 사상의 전환이 뒤따르지 못하고 있는 현실이다.

일본이 1868년 명치유신의 전제조건으로 내건 기치가 바로 '사상, 의상, 건축의 서구화'였다. 그들은 그 전환의 중심에 사상을 앞세움으로써, 탈 아시아의 꿈을 달성했으며, 아시아를 선도하는 근대국가로 우뚝 섰다.

그 당시 아직 봉건국가에 머물던 조선은 사상은 물론 의상과 건축의 서구화를 꿈도 꾸지 않을 때다. 이미 청나라의 근대화를 목도한 이수광이 1616년 『지봉유설』을 통해 조선사회의 변화를 촉구했으며, 1670년 유형원의 『반계수록』, 1761년 이익의 『성호사설』이 잇달아 이를 지지하고 나섰으나, 지배층의 의식은 요지부동이었다. 임금은 왕권의 약화를 염려했으며, 지배층은 자신들이 누리는 그 안락을 지키고 싶었기 때문이다. 누구도 국가의 장래를 위한 이들의 호소에 귀를 기울이지 않았다.

명치유신보다 이백 년 이상 앞선 유신의 기운은 그렇게 사라졌다. 하지만 1780년 무렵, 일군의 선구적 지성들이 연이어 연경을 다녀오며, 다시 개혁의 필요성을 주창했으니, 홍대용, 유득공, 박제가, 박지원 등, 소위 실학파의 등장이 그것이다.

나는 이 행간에서 그토록 총명한 임금 정조마저 이들의 외침을 묵살한 게 끝내 아쉽다. 일본보다 아직도 백 년이 앞선 시기였으니 말이다. 조선이 여전히 봉건국가로 머물고 있을 때, 건물과 의상을 바꾸고, 철도를 개설했으며, 무기를 서구화하고 사상적 서구화로 무장한 일제는 마침내 조선 침공을 단행하기에 이른다.

　명치유신 당시 일본이 모델로 삼은 건 유럽, 특히 네델란드였다. 당시 일본 지식층에 광풍처럼 불었던 난학蘭學의 열풍은 바로 네델란드和蘭를 배워야 한다는 독서운동이었다. 그 영향은 지금도 일본이 세계 최고의 독서국가가 된 밑거름이다.

　재레드 다이아몬드jared diamond는 『제3의 침팬지』에서 인간과 침팬지의 DNA 유전형질은 98.4%가 같고, 1.6%만이 다르다고 밝히고 있다. 그 미세한 차이에도 불구하고, 인간과 침팬지의 운명을 바꾼 결정적 근거를 그는 정교한 언어구사에서 찾는다. 언어가 사상, 발명, 예술을 발전시킨 토대라면, 그 언어의 결정판이 책이다.

　그렇다면 독서야말로 근대성과 봉건성을 가르는 결정적 단서란 걸 어렵지 않게 추론할 수 있다. 인간과 침팬지의 거리를 벌려 놓았듯이, 독서하는 국민과 독서를 게을리하는 국민 사이에도 머지않아 그만큼의 거리가 벌어질 것이다.

내가 우리 현실에서 느끼는 위기의식은 의식주의 질적 전환과 달리, 사상의 전환이 전혀 이루어지지 않고 있다는데 있다. 그 가장 큰 위험은 우리 국민의 독서량이 크게 부족할 뿐 아니라, 그 마저 편향적이란 데 있다.

사상의 선진화를 위해 요구되는 첫 번째 요건이 독서라면, 그 독서는 정신적 성숙을 위한 독서가 되어야 한다. 편협한 세계관을 각성으로 이끄는 인문서, 세계시민의 자질을 함양할 역사, 지리에 대한 밑바탕을 넓혀야 한다. 그 바탕 위에 과학적 상상력과 문학적 상상력이 결합되어야 할 필요가 있다.

다양한 독서야말로 문화인으로서의 안목을 키우는 지름길이며, 창의적 콘텐츠 발굴의 요체다. OECD 기준 평균 독서량이 바닥권인 것도 문제지만, 그나마 편향적인 독서 행태야말로 우려할만한 수준이다. 흔히 자기계발서란 이름의 책들로 쏠리는 현상도 그 하나다. 이런 부류의 책들은 한 사람의 양식을 채워주거나 자기각성의 단계로 이끌기보다 하나의 행동 요령을 집약한 내용들이다. 이것은 인격의 바탕을 채우기보다 겉으로 드러나는 형식 쪽으로 사람들을 이끈다.

이것은 문학작품이나 영화에서도 예외가 아니다. 내 눈으로 볼 때, 문제의식의 차원은 물론 문학성마저 의심스러운 작품이 선풍적 인기를 끌거나 베스트셀러가 되는 경우를 너무나 자주 목도한다. 이것은 생각보다 더 심각한 문제를 남긴다. 유명도나 베스트셀러가 그대로 위대한 문학으로 둔갑하기 때문이다. 말하자면 상품성이 문학성을 압도하고 마는 것이다.

옥타비오 파스가 문학의 수준이 높은 게 아니라, 세계가 너무 낮은 곳에 있다고 개탄한 건 이런 현상을 일컬은 것이다. 배를 높이려면 물이 높아져야 한다고 말한 건 파스칼이다. 물이란 문화적 안목이 높아져야, 배로 비유되는 창조적 역량도 꽃핀다는 뜻이다.

천만 관객을 동원하면 그대로 명화로 둔갑하는 걸 본다. 많은 관객을 동원했다는 건 오락성이나 흥행에서 성공했다는 뜻이지, 그것이 영화의 예술성을 가늠하는 기준이 될 수는 없다. 실제로 나는 그런 영화에서 높은 예술성을 본 적이 없다. 그뿐만 아니라, 벨라 타르의 〈사탄 탱고〉나 〈토리노의 말〉, 바흐만 고바디의 〈코뿔소의 계절〉이나 〈취한 말들을 위한 시간〉이 흥행에 성공했다는 말을 들어본 적도 없다. 안타깝게도 그런 예를 들자면, 하루가 모자랄 지경이다. 최근 나는 〈그랜드 부다페스트 호텔〉과 〈페인티드 버드〉라는 빼어난 영화를 보았다.

우리 문화의 병적인 전도현상이 바로 여기에 있다. 이것은 훌륭한 요리사가 아무리 세계적인 음식을 개발해도, 그걸 먹는 감식자들의 맛에 대한 안목이 낮으면, 근사한 광고가 이끄는 패스트푸드가 판을 치는 경우와 같다.

문화발전의 핵심은 사상 및 의식주가 양에서 질로 이동하는 데 있다. 유독 사상적 수준이 아직도 봉건체제에 머무는 연유를 나는 독서량의 빈곤에서 찾고 싶다. 따라서 그걸 해결할 방안 또한 전 국민적 독서의 활성화 밖에 없다고 생각한다.

물론, 일부 출판사의 독점적 홍보나 과대광고 등에 현혹되지 않는 독자들의 안목이 요구된다. 하지만 그걸 가려낼 수 있는 능력 또한 독자들 개개인의 역량이다. 그 능력이 전제되는 건, 선동에 휩쓸리는 획일성 또한 봉건사회의 특징이기 때문이다.

사상적 전환이 확실히 이루어질 때, 의식주의 변화와 함께 우리의 문화역량은 비로소 근대화의 길로 들어서는 셈이다. 이 혼탁한 문화현상, 반쪽만의 근대화를 마무리하는 것은 사상적 근대화가 전제될 때 비로소 완성되기 때문이다.

정치적 편향

한 해가 가고 있다. 우리는 한 해를 어떻게 기억할까. 지난 1년은 심상치 않은 조짐들로 가득했다. 봄부터 이 땅에 노도처럼 불어 닥쳤던 소위 '미투운동'이 한반도를 거세게 뒤흔들었다. 아프고 부끄러운 우리의 모습이었다.

또한 일부 단체의 이성異性에 대한 극단적 혐오와 대결은 서로에게 깊은 상처를 남겼으며, 증오의 불길이 아직도 잡히지 않고 있다. 사실 이성이란 피차 신비의 영역이며 그리움의 대상이 아니었던가. 다르기 때문에 상호보완을 요구하는 존재가 아니었던가. 이성이 적이란 말은 들어본 적도 없다. 어쩌다가 우리가 이토록 각박해졌을까.

짧은 봄이 지나기 무섭게 시작된 폭염과 가뭄은 3개월이 넘도록 반도를 달구었다. 연일 40도에 육박하는 무더위가 신의 분노처럼 이어졌다. 사람만이 아니라 동물들도 더위에 지쳐 쓰러졌다. 나무와 풀들의 비명이 아프게 메아리쳤으며, 갈증으로 쩍쩍 갈라진 대지는 피눈물을 흘렸다. 타자를 혐오하고 증오했던 일련의 외침과 가혹한 천재지변 사이엔 어떤 연관도 없는 걸까. 그야말로 자연의 응징을 실감한 여름이었다.

2018년 3월 14일, 스티븐 호킹 박사가 별세했다. 불치의 루게릭병과 싸우며 그는 시간의 기원과 우주의 비밀을 풀고자 했다. 양자론과 상대성을 결합한 '만물의 이론'은 천문지리天文地理의 이법에 다가간 도전이었으니, 그는 천기누설을 도모한 불온한 과학자였던 셈이다. 특히 '호킹 복사' 이론을 통해 우주는 팽창하고 있으며, 블랙홀마저 증발할 거라고 한 예측은 우주에 끝이 있다는 암시다. 그의 명저 『시간의 역사』나 『위대한 설계』는 우리 삶에 내재하는 불규칙한 우연과 죽을 운명의 인간 본질에 대한 규명이었다. 그가 그토록 사랑했던 별들 곁으로 떠나며 남긴 마지막 말도 '밤하늘의 별을 바라보고, 호기심을 지니라'는 당부였다.

현대물리학의 상대성이론이나 초끈이론은 우주의 본질이 '양면성'과 '이중성'에 기반하고 있을 뿐 아니라, 매순간 변화한다는 비예측성을 토대로 삼는다. 절대시공이 부재하듯 절대진리도 부재한다. 선악과 진위 역시 마찬가지다. OX란 절대주의 사고는 시대착오적 발상이며, 우주의 본성과도 무관하다는 것이다.

싸움은 내가 선이며, 상대가 악이란 절대주의 사고에서 나오는데, 그것이 바로 정치논리다. 언제부턴가 이 땅엔 정치적 담론만 횡행할 뿐 문화적 담론이 실종되고 있다. 국민 모두가 정치평론가일 뿐 아니라, 매스컴 역시 정치 편향적이다.

촛불 국면에서 목격했듯이 건강한 참여민주주의는 세상을 바꾼다. 그러나 집단화가 왜곡될 때 이기주의가 끼어든다. 장애인 학교나 노인요양시설, 화장터 등에 대한 집단반발이나 지역이기주의가 그것이다. 이것은 정치적 단합이나 언론의 힘이 시민의식을 벗어날 때 무서운 해악이 될 수도 있다는 걸 보여주는 사례다. 심지어 이런 시설을 '혐오시설'이라고 명명한 것도 언론이다. 말하자면 정치를 불신하면서도 모두가 정치 지향적 사회로 바뀌고 있는 것이다.

단적인 예는 2018년 7월 23일 작고한 두 사람, 작가 최인훈과 노회찬 의원을 통해서도 알 수 있다. 노 의원이 소외자의 편에 섰던 모범적인 정치인이었다는 걸 잘 알고 있다. 하지만 한국소설사에 충격적인 문제의식, 새로운 문체와 담론을 완성한 대작가의 쓸쓸한 죽음과 한 달 이상 계속된 정치인 추모 열기는 너무도 대조적이었으며, 한국사회의 정치적 편향성을 보여주는 2018년의 서로 다른 풍경이었다.

'정치적 예속에서 벗어날 때, 비로소 근대적'이라고 한 벤자맹 콩스탕[B.Constant]의 언명이 아니라도, 우리 사회가 안고 있는 정치 편향성과 전근대성은 확실히 유난스럽다. 이러한 획일성, 절대주의에 대한 맹신, 그리고 정치 편향성은 어디서 연유하는 걸까. 우리가 OECD 독서율 최하위 국가란 사실, 자살률 1

위의 과격하고 충동적인 나라란 사실과 이 일련의 경향은 무관한 걸까. 나는 이 불편한 진실이야말로 양자의 관련을 비추는 거울이며, 우리사회의 부끄러운 민낯이라고 생각한다.

그러므로 청년 여러분에게 호소한다. 사회가 정치적 편향성을 지닐 때 전근대적 사유가 활개치며, 편향적 사고는 부지불식간 반도를 좀먹는 아편이라고 말이다. 여기서 벗어날 길은 하나 밖에 없다. 각자의 안목을 키우는 게 그것이다. 광범위한 독서야말로 단시일에 안목을 확충하는 지름길이다. 이제 그만 저주하고 혐오하자. 타자에 대한 배려와 이해로 온기를 회복하자. 성숙한 안목에 이르기 위해 우리가 먼저 읽자. 또 한해가 가고 있다. 그동안 반도를 뒤흔들던 우리 안의 모든 증오와 울분도 함께 보내자.

독서운동을 전개하자

평창 동계올림픽이 성공적으로 끝났다. 그런데 내 눈길을 끈 것은 이 기간, 자국 관광객에게 주문한 일본의 언론보도다. 한국은 치안이 안정적이지만, 여전히 OECD 자살율 1위 국가요, 살인 및 범죄율이 일본의 두 배란 지적 말이다. 차마 OECD 독서율 최하위란 걸 지적하지 않은 걸 고맙다고 할까. 최근 발표에 의하면 우리나라 성인의 40%가 1년간 책을 한 권도 읽지 않는 것으로 나타났다.

지난 세기 초, 한일합병의 정당성으로 일제가 내세웠던 근거가 봉건국가를 문명화한다는 미명이었으니, 동계올림픽 개최국에 대한 일본의 눈초리엔 여전히 한 세기 전의 폄하와 불신이 묻어난다. 거기 청년실업율과 그 돌파구로 일본취업의 열풍까지 오버랩 시키고 보면 가슴이 먹먹해진다.

　한낱 도이島夷로 취급받던 일본은 어떻게 선진국으로 도약했을까? 그들은 벌써 16세기, 도쿠가와 이에야스 시대에 포루투갈로부터 조총 생산기술을 습득하여 임진왜란에 활용했으며, 이 무렵 윌리엄 애덤스란 영국인에게 서양식 범선을 축조하도록 하여, 사무라이 계급을 부여한다. 오십여 년 뒤 하멜이 '조선은 자기나라가 외부에 알려지는 걸 바라지 않았으며, 세상의 변화에 무관심했다'는 평가를 볼 때, 일본이 우리를 추월한 것도 그 무렵으로 추정된다.

　반대로 일본은 17세기 초에 영국, 스페인, 로마로 〈견구사절단〉을 파견하여 선진문물을 흡수하기 위해 몸부림친다. 그리고 그로부터 250년 뒤인 1871년 〈이와쿠라 사절단〉을 미국과 유럽으로 파견하여, 그 실상을 『미구회람실기』米歐回覽實記란 책자로 간행하면서 선진국 따라잡기에 나선다. 그 단초는 네델란드를 충실히 배우자는 난학蘭學의 열풍에서 비롯되었으니, 바로 전 국민적 독서운동이다. 일본 근대화의 아버지 후쿠자와 유기치가 세운 난학숙蘭學塾은 바로 일본 최초의 대학 게이오 의숙1868의 모태다.

철도를 개설하고 소학교를 세워 문맹을 탈피했으며, 의상과 사상의 일대변혁을 이끌어내어, 미개한 아시아를 벗어나 선진 유럽화를 목표로 한 '탈아입구'脫亞入歐란 슬로건 아래, 일본은 갑자기 근대국가로 탈바꿈한다. 그 독서운동은 선진기술과 제도 뿐 아니라, 문학예술 분야에도 괄목할 변화를 가져왔으니, 20세기 중반 일본소설의 세계성 확보와 음악, 영화 등의 발전이 그 예다. 여전히 독서율 세계 1위 국가인 일본은 어디나 번성하는 서점들, 넘치는 고객들, 고서점의 할인행사장을 가득 메운 사람들로 붐빈다. 우리와 너무도 다른 이 풍경이 부러운 게 나만의 심사일까?

20세기에서 새천년으로 넘어오는 시기, 여러분의 앞 세대들은 눈물겨운 치적을 남겼다. 그것은 불가능할 것 같던 기적으로, 일본을 능가한 분야가 나타나기 시작했으니 반도체, IT, 스마트폰, 가전제품 등이 그것이다. 이제 여러분 세대에겐 그

기술력을 떠받칠 의식의 선진화가 숙제로 남겨졌다.

나는 정신혁명의 관건이 독서량에 달려있다는 걸 누차 강조해왔다. 아무리 뛰어난 기술도 사유력의 증진, 요컨대 창의적 콘텐츠가 없이는 사상누각에 불과하기 때문이다. AI, 사물인터넷, 로봇, 3D프린팅 등으로 수렴되는 4차 산업의 핵심 또한 풍요로운 상상력이다. 그리고 그 사유력의 증진을 위한 요소가 바로 독서다. 여러분 세대가 세계사의 주역이 되기 위해 무엇보다 시급한 게 의식의 선진화다. 의식의 선진화가 이루어질 때, 망국적인 진영논리나 지역감정, 그리고 세대갈등도 치유될 수 있다.

부디 이 고질병들이 지난 세대의 상처로 끝나길 바란다. 염려스런 것은 젊은 세대들이 책을 읽지 않는다는 것, 편파적인 감정다툼이나 여전히 악성댓글 따위에 매달린다는 점이다. 적어도 이런 편협성으론 21세기 세계시민이 될 자격이 없다. 나는 이런 병폐가 바로 독서량의 빈곤으로 인한 정신적 미성숙에서 기인한다고 생각한다.

이참에 젊은 세대만이라도 대대적인 독서운동을 전개했으면 좋겠다. 도서관은 부활의 심장이며 미래의 거울이다. 여기저기 도서관에 밤늦도록 불이 밝혀지고, 독서에 빠진 젊은이들로 불야성을 이룬 풍경은 상상만 해도 가슴이 뛴다. 거기서 우리의 새로운 미래가 밝혀질 것이기 때문이다.

하나의 유령이 반도를 배회하고 있다

우울하고 어수선한 풍문들이 끊이지 않고 있다. 그중에서
도 청년실업, 청년들의 절망이 사회 문제로 떠오른 건 큰 걱정
이다. 끝이 보이지 않는 이 나락을 어떻게 헤쳐나갈 것인가 고
민이 아닐 수 없다. 이런 때일수록 절망을 성취로 바꾼 역사적
교훈을 통해 그 돌파구를 찾아보면 어떨까.

사마천의 『사기』는 그가 궁형이란 치욕적인 형벌을 당한 뒤
세상에 나왔다. 그는 그 책의 서문에서 이렇게 말한다. '나는
권세를 가진 자들과 대결하려 한다. 책과 권세 중 어느 쪽이
생명이 더 긴지... 어느 쪽이 천하 후세 사람들에게 더 공헌할
것인지!'-『사기』는 그 회한과 치욕 속에서 핏방울 같은 문장으
로 기록되어, 고전 중의 고전이 되었다.

나는 젊은 시절 『사기』와 만나면서, 그 서문을 가슴에 새기며 살았다. 내가 힘든 시절을 이겨낸 건 이런 책들과의 만남 덕분이다. 백가쟁명, 화려한 사상의 숲속에서 등불이 된 사람들- 서백, 좌구명, 손무, 여불위, 한비... 신기한 건 이들이 감내할 수 없는 고난과 좌절 속에서 불멸의 저작들을 쏟아냈다는 사실이다. 그들의 저작들은 억류와 구금, 유배와 실명, 심지어 다리가 잘린 뒤 세상에 나왔다.

당송팔대가 한유 선생이 인류의 기념비적 족적이 불평지명不平之鳴의 결실이라 진단한 건 퍽 일리가 있다. 그렇다. 세상을 향한 분노와 원한의 눈물이 개인의 절망을 넘어 위대한 성취로 다가간 토양이었다. 어찌 흙수저를 말하는가? 이들은 그 정도가 아니라, 피 수저요 눈물 수저라 말해야 옳다. 어처구니없이 죄인이 된 소크라테스나 코페르니쿠스, 사형 직전 풀려나 유배를 당했던 도스토예프스키, 안목이 모자란 대중들의 철저한 외면 속에서 대책 없이 가난했던 반 고흐, 망명객 라흐마니노프. 그뿐인가. 끼니를 거르며 책 속에 고개를 묻었던 이 땅의 궁핍했던 선비들을 나는 기억하고 있다.

사마천이 곤경에 처했을 때, 권력의 시녀가 되어 호의호식했던 이들은 다 어디로 갔을까? 여기서 우리는 역사의 놀라운 아이러니를 본다. 그때 사마천과 권세가들의 운명을 가른 건 세계관의 차이다. 세계관은 한 인간이 견지한 안목에서 나온다. 안목이란 진위와 가치를 판별할 줄 아는 능력을 말한다.

나는 나 자신이 가난한 농촌 출신이란 것, 요즘 말로 흙수저란 걸 원망한 적이 없다. 다만 왜 나는 성현들의 빛나는 안목에 이르지 못하는가를 자책하며 살아왔을 뿐이다. 그 때문에 요즘 유령처럼 배회하는 자기비하의 그림자들, 흙수저라거나 헬조선이란 구호들에 섬뜩함을 넘어 슬픔을 느낀다. 그 구호들은 절망에 처한 청춘을 위로하기는커녕 불안과 절망의 늪으로 떠밀고 있기 때문이다. 키엘케골에게 절망은 이윽고 '죽음에 이르는 병'일 뿐이다. 물론 존재론적 불안과 동시대적 불안은 품격이 다르지만 말이다. 헬조선이란 구호의 발원지 또한 병적인 자포자기에서 출발했으리란 걸 나는 의심치 않는다.

'하나의 유령이 유럽을 배회하고 있다' 마르크스, 엥겔스의

『공산당선언』 첫문장이다. 나는 마르크스가 19세기, 근대성의 문을 열고 포스트모더니즘의 출현에 기여한 것 못지않게 엄청난 역사적 비극의 씨앗을 뿌렸다고 생각한다. 헬조선이란 구호도 마찬가지다. 누군가의 무책임한 외침이 청춘들에게 가학의 씨앗을 뿌린 것이라면, 이 구호 또한 반도를 멍들게 한 행위로 기억될 것이다. 지금 우리 현실이 태평성대가 아니란 걸 모르는 이는 없다. 아니 지금 우리는 어둡고 위태로운 질곡을 지나가는 중이다.

내가 기성세대로서 여러분에게 죄책감을 느끼는 건 이 때문이다. 젊은이들이여, 미안하다! 진작 청산했어야 할 부패와 불의, 수치스런 봉건적 잔재들을 우리 세대는 청산하지 못했다. 그래서 그 어려운 짐을 여러분에게 물려주어야 한다. 어떻게 이 위기를 벗어날 것인가. 그 대안을 기성세대에게 기대하긴 어려워 보인다. 여러분은 부패한 세대를 거부할 권리, 마음껏 분노하고 피눈물을 흘릴 자격이 있다. 그렇다. 오류의 전철을 되밟지 않겠다는 그 도발적 울분이야말로 '불평지명'의 꽃이다. 그러나 그 불만이 자기성취로 이어지지 못한다면, 여러분은 벌써 기성세대에 오염된 것이다.

청춘의 권리 못지않게 청춘의 의무야말로 절망의 세태를 타개할 버팀목이다. 나는 그 돌파구 역시 책 속에 있다는 걸 의심하지 않는다. 가령 16세기 광범위한 독서 열풍이 17세기 프랑스의 영광을 가져왔으며, 19세기 광적인 독서운동이 20세기 벽두 일본의 근대화를 앞당긴 게 그 역사적 근거다. 독서는 봉건 시민들을 개조하여 단번에 근대화의 물꼬를 텄기 때문이다.

우리가 처한 암담한 현실은 우선 젊은이들의 안목이 높아질 때, 단시일에 개선될 수 있다. 파스칼의 말처럼 배를 높이려면 물이 높아져야 하는 까닭이다. 절망에 쉽게 편승하는 행위야말로 무책임한 자기 방기다. 흙수저와 헬조선을 외치기 전에, 그들을 구원할 구원자가 되겠다는 목표부터 세워보라.

그리고 끓어오르는 불만조차 끊임없는 자기 단련으로 승화하라. 타락한 시대나 유령의 외침에 절망하지 말고, 어느 쪽의 생명이 더 긴지, 어느 쪽이 인류에 공헌할 길인지, 스스로 자문하라. 자, 지금부터 여러분은 그 대결의 여정에 들어섰다. 이것은 한반도의 명운을 어깨에 짊어진 성스러운 싸움이다.

목련을 읽는 순서

애야, 나는 목련을 만났지만 그릴 수가 없단다 목련은 텅 빈

이름이 아니라 언덕의 영역에 속하므로, 그보다 더 먼 늪이거나

쓸쓸한 그릇의 일부이므로 나는 목련을 썼다가 지우고, 그 빈터에

도랑을 파기로 했단다 목련의 몸에서 여울물 소리가 들리는 건

목련의 고향이 강물이기 때문이란다 네 몸에서도 악기 소리가 날 때,

그때쯤 네 안에서도 목련이 자라나겠지

애야, 목련은 어디에나 있으나 어디에도 없단다 화사한 눈빛으로

제 안의 비밀을 토해내지만, 그때 목련은 죽음의 발치에 다가선 것이므로,

잊어야 한다 목련은 이제 뜯겨진 명부名簿, 네가 뒷골목에서 ·

어둠을 두 눈에 담을 때, 너는 이미 목련을 익히기 시작한

거란다 이름을 보는 대신, 너는 꽃그늘이 되어

너 지워진 자리만 하얗게 남겨진 거란다

청춘서간

초판 1쇄 발행 　　2020년 7월 10일
초판 3쇄 발행 　　2022년 5월 17일

지은이	이경교
펴낸이	최대석
편집	최연, 이선아
마케팅	신아영
디자인	김진영, 김나영
표지사진	유림

펴낸곳	행복우물
등록번호	제307-2007-14호
등록일	2006년 10월 27일
주소	경기도 가평군 가평읍 경반안로 115
전화	031)581-0491
팩스	031)581-0492
홈페이지	www.happypress.co.kr
이메일	contents@happypress.co.kr

ISBN	978-89-93525-81-6 03810
정가	13,800원

　　　　이 책의 국립중앙도서관 출판예정도서목록(CIP)은
　　　　서지정보유통시스템 홈페이지(http://seoji.nl.go.kr와
　　　　국가자료공동목록시스템(http://nl.go.kr/kolisnet)에서
　　　　이용하실 수 있습니다.

Publisher's Note

이경교

"절망의 벼랑에 서서, 그 아픔을 '오직 독서'로 극복했을 뿐 아니라, '오직 독서'로 그 대안을 제시했던 다산을 기억하십시오. 나는 사실 미사여구로 젊음을 위무하고, 상투적 문구로 청춘의 앞날을 축하할 수도 있습니다. 그러나 나는 여러분의 시기에 내가 겪었던 패배감과 그 돌파방법을 고백함으로써, 실질적 방안을 제시하는 쪽을 택했습니다."

REVIEW X REVIEW

저자는 누구나 살아가면서 느끼는 혹은 경험하게 되는 현상들에 대해 자연스럽게 받아들이며 그 속에서 교훈이나 일정한 메시지를 찾으라고 조언한다. 책의 느낌 자체가 매우 서정적인 느낌을 주며 시에 관심이 많은 분들이나 전혀 관심없는 분들 모두의 니즈를 충족해 줄 책이다.

삶에 대해 회의적인 분들이나 인간관계에서 많은 스트레스를 받는 분들까지 책을 통해 치유와 공감, 격려와 위로의 가치에 대해 공감하며 스스로를 치유하며 더 나은 삶에 대해 그려 보게 될 것이다. 청춘서간, 가볍게 읽을 수 있지만 묵직한 메시지를 전해 받을 수 있기에 많은 분들이 접해 봤으면 한다.

from. 예스24 블로그
myliferandom님

"가을은 사랑하기에 이미 늦은 계절이 아니다. 가을은 이루지 못한 사랑의 발치에 더욱 맹렬히 매달리는 계절 일 뿐이다 " _ '기억하라 가을' 일부, <청춘서간> 88p

사진. 유림

장강유랑

시인의 걸음으로 유랑한 장강, 그리고 대륙

이경교

"나는 나의 기록들이 단순 기행으로 머물지 않기를 염원한다. 고현학考現學의 시선에 기대거나 대륙사상을 진단하는 인문주의자 편에 서서, 남들과 다른 중국견문록을 쓰고 싶었다.하지만 시인 본연의 임무를 망각한 적이 없으니, 나무의 눈빛으로 들춰지고 새들의 깃털로 가려진 중국 견문록이길 희망한다. 이 기록들은 그러므로 내 피요 살이다. 내 몸 위에 빗금처럼 새겨진 대륙의 자취이자 내 영혼의 무수한 떨림과 끌림, 그 생생한 핏방울이다."
_ 저자의 말 중에서

"새떼를 따라가다가 길을 잃었다.
하늘만 쳐다보느라 지상의 방향을 흘렸나 보다."

이경교 시인은 시인의 투명한 영혼으로 중국의 문화와
역사를 읽어 내며, 특유의 입담으로 여행과 삶, 그리고
문학에 대한 이야기를 풀어낸다.

네가 번개를 맞으면
나는 개미가 될거야

장하은

Jang Haeun

**출간 즉시
베스트 셀러**

**불안장애와
숨고 싶던 순간들,**

**소심하고
내성적인 아이에서
불안한 어른이 된 이야기**

"

너무 좋았습니다. 방에 불을 꺼두고 침대 위에 앉아 작은 태양 같은 조명 아래 있으면 이 책만 읽고 싶은 나날들이었습니다. 읽은 페이지를 또 읽고, 같은 문장을 반복하다가, 홀로 작가님의 글을 더 보고 싶어 책갈피에 적힌 작가님의 인스타에 들어가 보았습니다. 역시나 너무 멋진 분이셨어요. 제게 책을 읽고 먹먹해진다함은 작가가 과연 어떤 삶을 살았기에 이런 글을 쓸 수 있는 걸까, 궁금해지는 것을 말합니다. _ 북리뷰어 Pourmeslivres*님

"

그럴 땐 당황하지 말고 그것도 너의 감정이라는 것을 인정해 줘.
억지로 감정을 바꾸려고 하지 말고. 그 감정에 함께 머물러주며
그대로 표현하게 해보는 것도 필요하거든.
_ 본문 중에서

Jang Haeun

*북리뷰어 Pourmeslivres는 인스타그램에서 진솔하고 적확한 도서 리뷰를 통해 수많은 애서가들에게 호평을 받고 있다. 인스타그램 @pourmeslivres

삶의 쉼표가
필요할 때
R edition

꼬맹이여행자

**퇴사 후 428일 간의
세계일주**

**여행에세이 1위
<삶의 쉼표가 필요할 때>
리커버 에디션으로 출시!**

이 책은 우선 여행기 보다 한 권의
아름다운 에세이 같았습니다
_ munch님

**출간 후 3년,
꾸준히 사랑 받는
이유가 있다**

인생을 알려주고...
(가격) 더 받으셔야 합니다. 책을 읽고
첫 장부터 진짜 울 것 같다가 감동 받았다가
예쁜 말들에 엄마 미소를 짓기도하고
너무 좋은 책이었어요
_ findyourmap0625님

**읽으면 꼭
소장하고 싶은
여행에세이**

Jang Youngeun

**세상의 차가움 속에서도 따뜻함을 발견해내는, 여행 그 자체보다 그 여
정에서 용기와 고통과 희열을 만나는 여행자의 이야기*를 읽고 나면 사
랑하는 이들에게 구구절절 말할 필요도 없이 조용히 이 책을 건네**는
당신을 발견하게 될 것이다**

*이병일 시인 추천사 중에서 **태원준 작가 추천사 중에서 / YES24 리뷰 중

뉴욕, 사진, 갤러리 최다운

"깊이 있는 작품들과 영감에 관한 이야기들"

라이선스를 통해 가져온 세계적 거장들의 사진을 즐길 수 있는 기회! 존 시르, 마쿠스 브루네티, 위도 웜스, 제프리 밀스테인, 머레이 프레데릭스, 티나 바니, 오사무 제임스 나카가와, 다나 릭센버그, 수전 메이젤라스, 리처드 애버든, 로버트 메이플소프, 안셀 애덤스, 어윈 블루멘펠드, 해리 캘러한, 아론 시스킨드. 최다운은 뉴욕의 사진 갤러들, 그리고 사진 작품들의 매력과 이야기들을 생동감 있게 전해준다.

내 인생을 빛내 줄 사진 수업 유림

"사진 입문자들을 위한 기본기부터 구도, 아이디어, 촬영 팁, 스마트폰 사진, 케이스 스터디까지"

좋은 사진을 찍고자 하는 사람이라면 누구에게나 도움이 될 수 있는 지식과 노하우를 담았다. 저자가 사진작가로서 경험하고 사유했던 소소한 이야기들도 이 책만의 매력이다. 사진을 잘 찍기 위한 테크닉 뿐만 아니라 좋은 아이디어를 얻는 방법과 저자가 영감을 받은 작가들의 이야기를 섞어 읽는 재미를 더한다.

김경미의 반가음식 이야기 김경미

"건강식에도 품격이! '한식대첩'의 서울 대표, 대통령상 수상 김치명인이 공개하는 사대부 양반가의 요리 비법"

김경미 선생이 공개하는 반가의 전통 레시피
하나. 균형잡힌 전통 다이어트 식단
둘. 아이에게 좋은 상차림
셋. 몸을 활성화시켜주는 상차림
넷. 제철 식단과 별미음식
그리고 소소하고 행복한 이야기들

● **문장**
X
문장

"손가락 사이로 미끄러지는 빛은 우리의 마음을 헤쳐 놓기에 충분했고, 하얗게 비치는 당신의 눈을 보며 나는, 얼룩같은 다짐을 했었다."
_ 이제, 『옷을 입었으나 갈 곳이 없다』 일부

"곁에 머물던 아름다움을 모두 잊어버리면서 까지 나는 아픔만 붙잡고 있었다. 사랑이라서 그렇다."
_ 금나래, 『사랑이라서 그렇다』 일부

"'사랑'을 입에 담지 말 것. 그리고 문장 밖으로 나오지 말 것."
_ 윤소희, 『여백을 채우는 사랑』 일부

● **경영 경제 자기계발**
○ 리플렉션: 리더의 비밀노트 / 김성엽
　　연매출 10조 원, 댄마크 '댄포스 그룹'의 동북아 총괄 김성엽 대표의 삶과 경영
○ 재미의 발견 / 김승일 **+ [대만 수출 도서]**
　　"뜨는 콘텐츠에는 공식이 있다!" 100만 유튜브 구독자와 高 시청률 콘텐츠의 비밀
○ 야 너도 대표될 수 있어 / 장보윤 박석훈 김승범 주학림 김성우
　　코로나와 경기침체는 스타트업 창업 절호의 기회. 전문가들의 스타트업 성공 메뉴얼
○ 자본의 방식 / 유기선
　　카이스트 금융대학원장 추천도서. 자본이 세상을 지배하는 방식에 대한 통찰들

● **인문 사회 독서**
○ 한 권으로 백 권 읽기(1~2) / 다니엘 최
　　이 시대에 꼭 필요한 명품도서 300종을 한 곳에 모아 해설과 함께 읽는다
○ 산만한 그녀의 색깔있는 독서 / 윤소희
　　특색있는 소설, 에세이, 인문학적 사유를 담은 책들에 관한 독서 마니아의 평설
○ 독특한건 매력이지 잘못된게 아니에요 / 모기룡
　　인지과학 전문가 모기룡 박사가 풀어내는 독특함에 대한 철학적, 인문학적 고찰
○ 가짜세상 가짜뉴스 / 유성식
　　가짜뉴스의 발생 원인은 뭘까? 가짜뉴스에 대한 통찰력 가득한 흥미로운 여행

● **종교 정신세계**
○ 죽음 이후의 삶 / 디펙 쵸프라 **+ [리커버]**
　　죽음, 인간의 의식 세계, 영혼에 대해서 규명한 디펙 쵸프라의 역작
○ 모세의 코드 / 제임스 타이먼 **+ [리커버]**
　　좌절과 실패를 경험한 이들을 위한 우주의 비밀들. 독자들의 성원으로 개정판 출시
○ 4차원의 세계 / 유광호
　　우리는 어디서 와서 어디로 가는가? 우주의 에너지 정보장, 전생과 환생의 비밀들

그렇게 풍경이고 싶었다 황세원

"잔잔하지만 역동적이고, 고요한듯 하나 소란이 있는,
한 여행자의 신비로운 이야기"

'여행은 평행세계를 탐험하는 것'과 같다. 그 누구도 같은 이
유로 떠나지 않기에 결코 같은 공간을 방문하지 못한다. 그
러나 독자들은 그가 걸어왔던 길을 함께 걸으며 모두가 공유
하는 무언가를 찾게 될 것이다. 지금까지와는 다른, 긴 여운
이 남는 여행 에세이를 원한다면 황세원 작가가 이끄는 '평행
세계'와 같은 신비로운 세상을 마주해 보는 것은 어떨까.

당신의 어제가 나의 오늘을 만들고 김보민

"사랑을 닮은 사람이고 싶었습니다."

너무 뜨겁지도, 너무 차갑지도 않은 보랏빛. 그 바이올렛 향을 뿜
어내는 모든 이들을 위한 글들. 『당신의 어제가 나의 오늘을 만
들고』에는 오랫동안 망설여왔던 고백에 대한 순수함이 있고 사
랑 앞에서 세계를 투명하게 읽어내는 아름다움이 있다. 만남부
터 이별의 순간까지도, 사랑에 대한 희망을 문장과 문장 사이에
서 만나게 해 준다. 얼어붙었던 마음도, 힘들었던 순간들도 어느
순간 따스하게 녹아 빛나게 해주는 책이다.

너의 아픔 나의 슬픔 양성관

"재미있는데 눈물이 나는, 웃을 수만은 없는 의학 에세이"

브런치 조회 수 200만, 그리고 포털사이트와 한국일보 등에서
사랑을 받은 빛나는 의사 양성관의 거침없는 이야기들. 지금까
진 상상할 수 없었던 의사와 환자들의 이야기들을, 특유의 입담
으로 풀어놓는 양성관 작가를 따라가다 보면 독자들은 웃고 있
다가 어느 순간 울고 있게 될지 모른다. 『너의 아픔, 나의 슬픔』은
웃음이 있지만 서정이 있고 삶에서 우러난 따뜻함이 있는 의학
에세이다.

삶의 쉼표가 필요할 때　꼬맹이여행자

"낯선 여행지에서 이름 세글자로 살아가는 온전한 삶을 찾다!"

여행에세이 베스트셀러 1위를 달성하며 독자들에게 큰 울림을 준 꼬맹이여행자의 이야기『삶의 쉼표가 필요할 때』, 리커버 에디션 출시! 신의 직장이라고 불리는 금융공기업을 그만두고 새로운 삶을 살아보고자 세계여행을 떠난 저자가 428일간 44개국에서 만난 다양한 이야기를 들려준다. 여행지에서 만난 이들의 삶과 철학, 세상을 바라보는 다채로운 시선, 그리고 사유의 깊이가 어우러져 만들어내는 잔잔한 감동과 울림들을 만나보자.

낙타의 관절은 두 번 꺾인다　에피

"26만명이 감동한 유방암 환우 에피의 여행과 일상"

'구름 없이 파란 하늘, 어제 목욕한 강아지, 커피잔에 남은 얼룩, 정확하게 반으로 자른 두부의 단면, 그저 늘어놓았을 뿐인데 걸음마다 꽃이 피었다.'
다소 엉뚱한, 어둠속에서도 미소로 주변을 밝혀주는 그녀의 매력은 어디서 오는 걸까. 절망적인 상황에서도 미소를 머금은 한 여행자가, 이제 겹겹이 쌓아 놓았던 웃음과 이미 세상을 떠나버린 이들과 나누었던 감정의 선들을 펼쳐 놓는다.

이 여행이 더 늦기 전에　새벽보배

"내 남자의 손을 꼭 잡고 가려던 달콤한 신혼여행은 어쩌다 보니 손 꼭 잡은 부부 두 쌍을 모시고 가는 환갑여행이 되었다."

세계 곳곳에서 펼쳐지는 가족 간의 냉전과 사랑, 그리고 돈독한 이야기들 – 여행지에서 '이럴려고 떠나왔나'라는 생각이 들 때, 혹은 주저앉고 싶은 순간들을 만나는 때 읽고 싶은 여행에세이. 세계 곳곳에서 펼쳐지는 가족 간의 냉전과 사랑, 그리고 돈독한 이야기들. 특별하고도 스릴 넘치는 한 가족의 에피소드를 통해 독자들은 여행과 가족의 의미를 재발견 해 볼 수 있을 것이다.

자기객관화 수업

현실적응력을 높이는 철학상담

모기룡

가스라이팅   자기객관화

서양철학은 우리도 모르는 사이에 우리의 사고를 주도하고 있다. 이를 테면,

너 자신을 믿어라 / 주체적으로 사고하라 / 고유한 너 자신을 찾아라 / 언제나 긍정적인 마음을 가져라 / 세상의 중심은 너다

이런 모토들은 장점도 있지만
그로 인해 외부의 관점을 무시하게 되는
부작용을 낳는다.
구루는 다음과 같이 말한다.

"이 모토들은 자신의 내면에 있는
것이 진짜 자신이라거나 가장
중요하다고 생각하게 만들지요.
그리고 타인들이 생각하는 나의
모습은 가짜이거나 중요하지
않다고 생각하게 만들지요."

자존감 증폭은 가스라이팅 전성문! 나의 현실을 보는 눈 2인칭의 관점으로 세상 속으로 나와라

자기 객관화 수업
현실적응능력을 높이는 철학상담

모기룡

행복우물

한 권으로
백 권 읽기 II

DANIEL CHOI

고고학-문사철-사회과학-자연과학-인공지능까지!

노벨상의 산실 –
미국 시카고대학교의 비밀!

1890년에 석유재벌 존 록펠러와 몇 명이 힘을 합쳐 세운 시카고 대학은 설립 후 근 40여 년 동안 크게 두각을 나타내지 못하던 학교였다. 그런 대학에 1929년 총장으로 부임한 로버트 허친슨 박사는 '위대한 고전 읽기 프로그램(Chicago Plan)' 운동을 벌인다. 그는 200여 종의 고전을 선정하고 그 중 100여 종을 읽지 않으면 졸업을 시키지 않았다.

처음에는 반발도 거셌지만 그 프로그램을 시작하고 90년이 지난 지금은 '시카고대학교 (University of Chicago)' 하면 곧 '노벨상'이라는 등식이 성립하는 단계에까지 이르렀다. 위대한 고전을 읽는 일은 그만큼 중요하다. 사고의 폭이 넓어지면서 무궁무진한 아이디어가 솟아나기 때문이다.

오리도 날고
우리도 날고   김명진

"아빠, 힘들면 도망가!"
자발적 퇴사자 아빠와
꿈많은 아들이 세계를 날다

Feat. 오리찜

"아빠가 너 자는 동안
캥거루를 30마리나 봤어."
이날도 어쩔 수 없이
아들 녀석에게 선의의(?)
거짓말을

하고 말았다.

Kim Myungjin

고통스럽도록 유쾌한 책

Kim Myungjin

햇살누리

오리도 날고
우리도 날고

아빠, 힘들면 도망가…!

정말 새가 되면 이런 느낌이지 않을
까? 그 자유로운 기분……

산만한 그녀의 색깔 있는 독서

윤소희

새벽을 깨우는 독서와 사유의 기록;

에세이, 시, 소설 등
넓고 깊은 독서를 하고 싶은데
어디서 부터 시작해야 할까?

윤소희 작가는 수년 째 매일 새벽,
읽고 쓰는 삶을 SNS에 공유하며
독자들에게 호평을 받고 있다.
책에는 윤소희 작가가 특별히
엄선한 작품들이 블랙,
화이트, 핑크 등 '컬러'라는
테마와 함께 공개된다.

Yoon Sohee

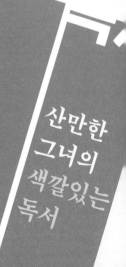

Yoon Sohee

산만한
그녀의
색깔있는
독서

자본의 방식

유기선

KAIST금융대학원장 추천

자본은 어떤 방식으로 당신을 지배해 왔는가?
금융, 역사 철학, 심리 등으로 풀어내는 이야기들

〈자본의 방식〉*은 금융과 주식시장에 관한 학자들의 사상을 거슬러 올라가 '돈과 자본이란 어디로 와서 어디로 흘러가는가?'에 대한 의문을 금융의 역사와 철학, 심리 등을 토대로 살펴본다. 수많은 정보들 중에서 '자본과 관련된 47가지 이야기'를 추려서 쉽고 단순화했다. 금융 시장의 메커니즘, 금융재벌 JP 모건의 이야기, 리스크, VaR와 신용 네트워크 등의 개념을 짚어가며 자본이 우리 일상에 어떻게 영향을 미치게 되었는지를 풀어나간다.

*출판문화진흥원 창작지원사업 당선작품

재미의 발견

김승일

대만 수출 도서

100만 구독자, 1000만 관객, 高 시청률의 비밀
재미를 만들고 증폭하는 원리를 이해하라

상영시간이 대체 언제 지나갔는지 궁금하게 만들 정도의 영화, 종영이 다가오는 것이 아쉬웠던 드라마, 나도 모르게 구독 버튼이 눌러지던 유튜브 영상… '재미'있는 이유는 뭘까? 재미를 주는 콘텐츠는 공통적으로 보는 이로 하여금 눈을 떼지 못하게 한다. 즉, 시청자를 당혹하고 집중하게 한다. 저자는 100여 개의 인기 콘텐츠에서 시청자가 당혹하고 집중한 장면을 주목하고, 그곳에서 공통점을 뽑아낸다.

다가오는 미래, 축복인가 저주인가

2032년 - 4차 산업혁명 이후의 삶과 세계

김기홍

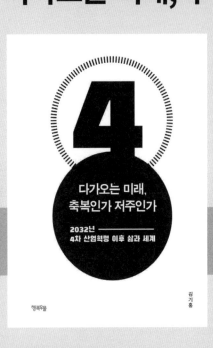

4차 산업혁명에 대한 새로운 진단

플랫폼 기업의 부상: 실체와 연결 무엇이 힘이 센가?
4차 산업혁명은 마지막일까?
구글은 망하지 않을 것인가?

디지털경제 3.0 혹은 제4차 산업혁명의 와중에서 우리는 비슷한 질문을 던질 수 있다. '앞으로 10년에서 20년, 제4차 산업혁명이 가져다 주는 미래는 우리에게 축복일까, 저주일까?'(중략) 여기서 우리는 다시 처음 질문으로 돌아간다. 중국 경제성장의 핵심을 이루는 디지털경제, 그리고 그 디지털경제의 최전선에 서서 세계와 경쟁하는 중국의 빅 테크 기업을 중국은 왜 규제하려 하는가? _ 본문 중에서 창업/자기계발 —————————————

인사이트 스타트업

예술창작자와
스타트업 도전자들을
위한 거의 모든 노하우

**INSIGHT
STARTUP**

예술
창업기술을
위한
TIP INSIDE

인사이트 / 스타트업

아이디어부터 스케일업까지

아이디어부터 스케일업scaleup까지 -
스타트업 성공에 관한 거의 모든것

크리에이터들을 위한 완벽 가이드

KIM JIHO · KIM SOYOUN · LIM BOJUNG · YOO HYUNJIN ·
AN KWANGNO · LEE JAEHYUNG · LEE KYUNGHO · KIM SOHEE

스타트업 창업, 어렵지 않다!
아이디어를 설계하는 법부터
스타트업 창업과 운영 노하우 + 창작자를 위한 팁

김지호 김소연 임보정 유현진
안광노 이재형 이경호 김소희

이 책은 이 어려운 시기를 어떻게 헤쳐나가야 할지 고민 중인 당신에게 보여줄 하나
의 제안이다. 줌(ZOOM), 배달의 민족, 유튜브처럼 거창한 기업들을 배우는 것도 중
요하지만 문화 콘텐츠의 잠재력을 갖춘 새로운 산업과 제도를 적절히 이용하는 것도
중요하다. 창작자들이 지속 가능한 창작활동에 도움이 될 수 있도록, 〈인사이트 스타
트업〉은 창업이라는 여정의 시작에서 망설이는 이들을 위한 책이다.

행복우물

행복우물출판사 도서 안내

● STEADY SELLER

○ 사랑이라서 그렇다 / 금나래

"내어주는 것은 사랑한다는 말, 너를 내 안에 담고 있다는 말이다"
2017 Asia Contemporary Art Show Hong Kong,
2016 컬쳐프로젝트 탐앤탐스 등에서 사랑받아온 금나래 작가의 신작

○ 여백을 채우는 사랑 / 윤소희

"여백을 남기고, 또 그 여백을 채우는 사랑. 그 사랑과 함께라면
빈틈 많은 나 자신도 온전히 좋아하며 살아갈 수 있을 것 같다."
'채우고 싶은 마음과 비우고 싶은 마음'을 담은 사랑의 언어들

● BOOK LIST

○ 다가오는 미래, 축복인가 저주인가 - 2032년 4차 산업혁명
이후 삶과 세계 - 김기홍 ○ 길을 가려거든 길이 되어라 -
김기홍 / 청춘서간 / 이경교 ○ 음식에서 삶을 짓다 / 윤현희
○ 벌거벗은 겨울나무 / 김애라 ○ 가짜세상 가짜 뉴스 / 유성식
○ 야 너도 대표 될 수 있어 / 박석훈 외 ○ 아날로그를 그리다 /
유림 ○ 자본의 방식 / 유기선 ○ 겁없이 살아 본 미국 / 박민경
○ 한 권으로 백 권 읽기 I & II / 다니엘 최 ○ 흉부외과 의사는
고독한 예술가다 / 김응수 ○ 나는 조선의 처녀다 / 다니엘 최 ○
꿈, 땀, 힘 / 박인규 ○ 바람과 술래잡기하는 아이들 / 류현주 외
○ 어서와 주식투자는 처음이지 / 김태경 외 ○ 바디 밸런스 /
윤홍일 외 ○ 일은 삶이다 / 임영호 ○ 일본의 침략근성 / 이승만
○ 뇌의 혁명 / 김일식 ○ 멀어질 때 빛나는: 인도에서 / 유림

행복우물 출판사는 재능있는 작가들의 원고투고를 기다립니다
(원고투고) contents@happypress.co.kr

 도서 이벤트 진행중